Jay Kay

DER DACHS, DER WIND UND DAS WEBER-MÄDCHEN

Even Terms Press

Der Dachs, der Wind
und das Webermädchen

Copyright Jay Kay 2019

6. Auflage

2020

Even Terms Press

a division of TopList® Communications

Unt. Waldweg 10, 30974 Wennigsen (Mark)

www.eventermspress.de

Lektorat: Dr. Frank Weinreich

Titeldesign & Layout: jk
unter Verwendung von Motiven von Shutterstock
Satz: DTP Service Durchschuss, 62291 Versatz
Herstellung & Verlag: BoD - Books on Demand,
Norderstedt
ISBN: 9-783-7526-2650-6

Vignette
5

Der Dachs,
der Wind
und das
Webermädchen

Eine Geschichte
der
Kinder der Erde

Inhalt

Der Dachs, der Wind und das Webermädchen
Eine Vignette in zwölf Kapiteln

Erster Teil

Asuka

Eins

Wie der Fuchs den Dachs zum Grinsen brachte

Zur Zeit der alten Dynastien hieß das Land Wa, da lebte im Frostwald, weit jenseits des Kaiserpalastes, ein Dachs. Schwarz war sein Fell bis auf breite silberne Streifen, die seinen Kopf zierten, und den Bart auf den Backen weiß färbten. Er war ein Störenfried und sein liebstes Spiel war das Säen von Zwietracht und Unfrieden unter den Menschen. Seine Mutter war eine der uralten Yokai der Inseln, die später einmal Nihon heißen würden und sie war noch den Dämonen der Unterwelt zu Diensten gewesen.

Nicht wenig der üblen Magie der Schattenreiche hatte er geerbt und wollte doch immer noch mehr. In seiner Jugend wurde er deswegen von den Menschen Kamui gerufen, denn er verzehrte sich nach der Macht der Götter.

Die Bauern und einfachen Leute in den Tälern mieden die eisigen Höhen seines Waldes an den steilen Hängen oberhalb des Dörfchens Asuka, wann immer sie konnten. Und doch mussten sie seinen Forst passieren, denn der Himmelsfriedhof ihrer Ahnen lag auf der Kuppe der höchsten Erhebung. In aller Stille, nur mit einer Laterne gerüstet, wandelten sie auf den Pfaden durch den dunklen Tann. Nur im höchsten Sommer, zum Fest der Toten, wagten sie es, auf seinen Hügeln zu tanzen und mit den Ahnen zu speisen. Dann konnten sie so viele Lichter entzünden, dass dem Dachs der böse Wille verging und er sich grollend in seine Höhle verzog.

Allein traute sich niemand auf die Felder oder gar in den Wald, denn bald nannten sie den alten Dachs nur noch Kisame, wegen seiner langen Zähne, die er immer dann zeigte, wenn ihm ein besonders arger Streich gelang.

Er dachte sich nicht nur garstige Scherze aus, wie den Hühnern im Schlaf die Eier mit Steinen zu tauschen, sondern er lockte mit Vorliebe Kinder in den Wald, auf dass sie sich für immer verlaufen sollten.

Nur in den frostigsten Wintern war man vor seiner Hinterlist sicher, denn dann war es auch ihm zu ungemütlich und er verschlief die kalte Zeit in seinem Bau.

Mit den Jahren sah der Dachs, wie die Bauern den Wald rodeten und ihre Felder weiter und weiter dehnten und sein Gemüt färbte sich grün vor giftiger Galle.

»Wann wird das ein Ende haben?«, hörten ihn die Wildschweine murren, wenn er durch sein Reich wanderte.

»Wie viele von den haarlosen Affen gibt es und warum werden es immer mehr?«, hörte ihn der schlaue Fuchs lamentieren, wenn sie sich in tiefer Nacht über den Weg liefen.

»Du kannst die Menschen nicht aufhalten, so wenig wie die Jahreszeiten«, antwortete Kitsune aus sicherer Entfernung. Er hatte sich schnell ein oder zwei Schweiflängen entfernt, weil er wusste, mit einem alten Mujina ist nicht gut Kirschen essen.

»Geh mir aus dem Weg, du eitler Narr!«, rief der Dachs. »Und wenn ich den Menschen alle Kinder stehlen muss, so werd' ich sie davon abhalten, weiter in meinem Reich zu wildern.«

»Ha!«, rief der Fuchs. »Ich komme mit den Dummköpfen im Tal bestens aus. Ich schnappe mir ihre Hühner, und fangen werden sie mich nie. Ich mag vielleicht eitel sein, aber mein Fell tarnt mich im Sommer wie im Winter. Sieh, wie schön und weiß es im Mondlicht glänzt, denn ein böser Winter steht vor der Tür und ich werde fein gerüstet sein.«

Da musste Kisame schief grinsen und das Einzige, was an ihm blitzte, war sein Eckzahn, den er dem Mond und dem Fuchs zeigte. Den hatte er sich als junger Dachs an einem Hirschknochen krummgebissen. Und es war wahrlich ein schiefes Grinsen, denn in seinem Herzen gönnte er dem Fuchs das hübsche Fell und die Freiheit nicht.

Kitsune hingegen wusste, wie er den Dachs dazu bringen konnte, weiter sein Unwesen zu treiben und darauf zu verzichten, allzu früh in den Winterschlaf zu gehen. Je mehr und länger Kisame die Menschen beschäftigte, umso besser, denn dann konnte der Fuchs in aller Heimlichkeit in den Ställen plündern. Und wenn er sich nicht blicken ließ, schoben die Menschen dem Dachs auch noch den Eierklau in die Schuhe.

Und so waren es nicht nur der Groll des Dachses und die Härte des Winters, die so bald das Schicksal Vieler fortschreiben würden, sondern ebenso die Hinterlist des Fuchses.

Zwei

Wie der Dachs seinen Schlaf verlor

So erfüllte sich die Prophezeiung des Fuchses. In jenem Jahr schlug der Winter mit machtvoller Faust auf den Tisch und der Nordwind trug den Frost bis in das tiefste Tal. Er wehte so stark und schnell, dass die Schneefrau kaum hinterherkam, genügend Flocken zu backen, und so erstarrte das Land unter seinem eisigen Griff.

Den Bauern war es recht, denn sie wussten, auf einen harten Winter folgt ein guter Sommer. Deswegen war der Dachs früh in seinem Bau verschwunden, doch der Fuchs fror vor sich hin.

Da kam es Kitsune gerade recht, dass in der nahen Kaiserstadt zu dieser Zeit die fünfte Konkubine des Tenno vor der Niederkunft stand. Der Kaiser war schon alt und, obschon sein gesamtes Leben im Glück, doch nicht glücklich, denn bisher hatte man ihm nur Jungen als Nachwuchs geschenkt. Dabei hatte er sich doch einmal eine Tochter gewünscht.

Der Winter war so stark, dass er seine kalten Finger bis in das Frühjahr streckte und obwohl sich schon die ersten Kirschblüten an den Ästen zeigten, brachte er dem Kaiserpalast den Frost zurück und überzog die Blüten mit einem silbernen Glanz. Damals war es Brauch, das neue Jahr mit einem Feuerwerk zu Beginn des Frühjahrs zu empfangen. Das war der Tag, da dem Tenno das Töchterlein geschenkt wurde, auf das er so lange gewartet hatte. Seine Freude war derart groß, dass er das mächtigste aller mächtigen Spektakel anordnete, das die Stadt je gesehen hatte. Ein ganz besonderes Feuerwerk sollte es sein, hoch hinaus sollte es gehen und über allen Ländereien sichtbar. Ausschließlich weiß, wie das Sterneneis dieser ganz besonderen Nacht, durfte es sein. Und als nach Einbruch der Dunkelheit die vielen Feuerkerzen am Himmel explodierten, erkannte der Fuchs seine Chance.

Schnell lief er zum Bau des Dachses und hämmerte an die Tür, er hopste auf dem Dach, er rüttelte an den Grundfesten der Erde, auf dass der alte Mujina erwache.

Mit schläfrigen Augen, aber voller Zorn schaute der Dachs aus seiner Höhle, da saß der Fuchs schon wieder still auf der Schwelle und bewunderte das Feuerspiel am Himmel.

»Wer wagt es, mich zu wecken?«, schnauzte der Dachs.

»Du bist wach?«, tat Kitsune erstaunt. »Schau doch, wie schön die Menschen die Ankunft des Frühjahrs feiern.«

»Bist du bei Sinnen?«, murrte Kisame. »Es ist noch kalt wie im tiefsten Eis. Die Menschen sind verrückt, wie können sie das nur tun?«

»Verrückt sind sie ganz sicher«, sagte der Fuchs. »Aber sie sind auch gerissen. Sie haben den Nordwind hinters Licht geführt, auf dass er länger bläst, damit wir Yokai schlafen und sie ihre Ruhe haben.«

Der Dachs schüttelte den Kopf.

»Wenn ich erst richtig wach bin, werde ich ihnen zeigen, wer der Herr des Waldes ist. Einstweilen sollen uns ein paar Eier aus ihren Ställen reichen.«

So hatte der Fuchs sein Ziel erreicht und für reichlich Ablenkung auf seinen Streifzügen gesorgt.

Doch kaum war der Frühling gegangen, da entsann sich der Dachs der Schmach aus dem Winter und dachte an eine bessere Rache, als nur ein paar Eier zu klauen.

»Ich werde den Menschen eine Lektion erteilen«, prahlte er vor dem Fuchs. »Ich werde ihnen den Nordwind abspenstig machen, auf dass uns nie wieder ein so langer Winter droht.«

»Und wie willst du das tun?«, fragte der Fuchs. »Wir sind nur Yokai, doch der Wind ist ein Kami, der lässt sich weder drehen, noch fangen.«

»Mir wird schon etwas einfallen«, sagte der Dachs und versuchte sein Bestes. Er stellte dem Nordwind nach, wo er konnte. Er wanderte über alle Höhen, über die der Wind pfiff. Er lockte und redete sich die Lippen wund. Doch die Götter sind viel zu frei und so einfach lässt sich ein Kami nicht fangen.

Seine Versuche blieben fruchtlos und bald versank der Dachs noch mehr im Groll auf die Menschen und bald schloss sein Unmut auch den Wind mit ein. Niemals konnte er eine Schmach vergessen und so zog es ihn auf seinen Raubzügen immer wieder in die Nähe der Dörfer, auf dass er eine Gelegenheit bekommen würde oder einen Hinweis finden könnte, um den Wind zu fangen. Dazu wirkte er seine ureigene Magie, denn seit jeher war es ihm gegeben, eine beliebige Gestalt anzunehmen. Damit konnte er die Menschen blenden und in ihrer Nähe wandern und lauschen, wann immer er wollte.

So ging die Zeit ins Land und auch wenn der Dachs keinen Hinweis erhaschte, wurde er doch älter und grimmiger mit jedem Jahr.

Drei

Wie der Weber zum Glück im Unglück kam

Als sich des Kaisers Wunsch erfüllte und ihm ein Töchterlein geschenkt wurde, trug der Zufall eine höchst seltene Frucht. In eben jener Nacht kam auch die Frau des Webers nieder und gebar ihm ebenfalls eine Tochter.

Der Webersmann hieß Yoshio und war recht arm. Selten hatte er sein Heimatdorf Asuka verlassen, wo schon die Werkstatt seines Vaters und dessen Vater stand. Mit den feinen Leinen aus der Kaiserstadt konnten seine Stoffe nicht mithalten. Aber sie waren geachtet unter den Bauern der Umgebung, konnte man in ihnen doch dem Wetter trotzen, wenn man die Felder bestellte.

Lange hatten er und seine Frau auf Nachwuchs gehofft, aber es wollte sich keiner einstellen. Umso größer war die Freude, als es endlich gelang und noch viel mehr erstaunte alle, dass es in derselben Nacht geschah, da das mächtige Feuer-werk das Kaiserglück verkündete.

Doch wie es die armen Leute trifft, so traf es auch den Weber. Seine Frau verstarb im Kindbett und ihm blieb nur die Tochter.

Magisch erschien dem Weber die Nacht, die so sternenklar und frostig war, dass selbst die Kirschblüten erstarrten. Und auch die feurigen Nachrichten aus dem Kaiserpalast, die man am Horizont gleich über dem Berg leuchten sah, tru-gen ihr Scherflein bei, so dass er der Tochter den Namen Mizore gab, nach dem Eisregen, der in diesem Frühjahr für einen Moment die Zeit er-fror. Doch die Tochter trug den Namen nur in seinen Augen und selten öffentlich, denn der Großmutter war es nicht recht. Sie hieß Tomoe und wurde von allen im Dorf hoch geschätzt. Vie-le Sommer und viele Winter hatte die ehrwürdige Alte schon gesehen und sie ließ sich von keinem schweren Schicksal den Wind aus den Segeln nehmen.

»Das Kind ist etwas Besonderes«, stellte Tomoe fest, da hatte der nächste Morgen noch nicht ge-dämmert und davon wich sie nie mehr in ihrem Leben ab. Sie fühlte sich so verbunden mit ihrer Enkelin, dass sie ihr den Namen Ayumi gab. Und da sie das Kind immer mit diesem Namen rief, sollte des Webers Tochter bald nur noch als die-jenige bekannt sein, die ihren eigenen Weg ging.

Allzeit war Tomoe für die kleine Ayumi da und stand ihr mit Rat und Tat zur Seite, denn der Weber hatte schwer zu schaffen, um der Familie den Unterhalt zu verdienen. Die Großmutter brachte ihr das Nähen und Flechten und Weben bei. Ayumi hatte ungewöhnlich flinke Finger und brachte gerne bunte Fäden in allen Stoffen unter, die sie anfertigte. Das war schön und Tomoe lobte sie dafür, auch wenn sich die Muster selten gut verkaufen ließen, da die Farben den Pflanzern und Landmännern zu ausgefallen waren.

Ayumi war die Freude in ihres Vaters Augen und da sie das Einzige war, was ihn an seine verstorbene Frau erinnerte, wollte er sie immer und überall beschützen. Er bürdete ihr mehr Arbeit auf, als gut war und am liebsten sah er sie im Hause sitzen. Wenn sie in aller Stille nach dem Abendessen beisammensaßen, die Großmutter schon im Bette lag und Kerzen brannten, dann nannte er sie immer noch Mizore.

Ayumi fand, der alte Name passte ebenso gut zu ihr, denn ihre Haut war so hell wie frisch gefallener Schnee. Recht war es ihr auch, denn sie liebte den Vater über alles, vor allem wenn er die Zeit fand, aus den alten Tagen zu berichten. Da hatte Yoshio im Heer des verstorbenen Shogun gestanden und geholfen, den Palast zu verteidigen. So jung und mutig war er gewesen.

Noch lieber hörte Ayumi der Großmutter zu, denn die wusste von den Geistern des Waldes zu erzählen. Während sie beide am Webstuhl saßen, erfuhr sie alles über die mächtigen Wesen vergangener Zeitalter und die Gefahren, die sie darstellten, und ebenso, wie man sie besiegen konnte. Wenn auch die Großmutter ihr vieles beibrachte, um sie vor allem davon abzuhalten, alleine im Wald spazieren zu gehen.

Das traute sich Ayumi nicht und sie fühlte auch keinen Drang dazu, solange sie klein war. Da spielte sie lieber im Garten, auch wenn sich selten die Zeit fand. Im Haus der Nachbarn wohnte eine Großfamilie, die hatte acht Kinder. Der jüngste Spross war gerade ein Jahr älter als Ayumi und er wurde Hinata gerufen, da er ein sonniges Gemüt hatte. Er war lustig und lachte gerne, was ihm die Herzen Aller zufliegen ließ. Überhaupt war er so anders als Ayumi, dass sie sich auf eine seltsame Weise zu ihm hingezogen fühlte. Er war springlebendig und sich für keine Rauferei zu schade. Er fühlte, wie zurückhaltend und zerbrechlich Ayumi war, und war stets bereit, sie beim Spielen gegen seine großen Brüder zu verteidigen. Doch Ayumi kannte auch die sanfte Seite seiner Seele, die manch andere nicht sahen.

Oft spielten sie alleine und lagen auf der Sommerwiese hinter dem Haus. Sie starrten in den Himmel und dachten sich Figuren aus, gerade so wie die Wolken sie zusammenschoben. Das war Ayumis Stärke, denn sie hatte von ihrer Großmutter gelernt, überall geheimnisvolle Fabelwesen zu erkennen.

»Was willst du sein, wenn du einmal groß bist?«, fragte Ayumi ihren Freund eines Tages.

»Ich möchte ein verehrter und gefürchteter Krieger werden«, antwortete er. »Dann kann ich dem Kaiser dienen und wohne in dessen Palast.«

Ayumi ließ sich nichts anmerken, aber ein wenig kicherte sie in sich hinein. Hinatas Vater war ein Krämer und alle Hände der Familie wurden beim Lagern und Handeln mit den Waren aus allen Teilen des Landes gebraucht. Hinata war zwar stark und nicht selten ein Raufbold, aber Ayumi kannte seine weiche Seite. In seiner Freizeit tuschte er mit dem Pinsel auf allem Papier, dem er habhaft werden konnte. Er hatte einen Malkasten zu seinem Jahrestag geschenkt bekommen.

»Und was ist mit dir?«, fragte Hinata. »Was möchtest du sein?«

Hätten sie nicht auf der Wiese gelegen und in den Himmel gestarrt, vielleicht hätte Ayumi eine Antwort gegeben, die ihr zugestanden hätte. So etwas wie die beste Weberin in der Kaiserstadt wäre ihr womöglich eingefallen. Doch die Wolken zeigten ihr ein anderes Bild und so sagte sie: »Ich möchte ein Drache sein, der über den Wolken fliegt. Fern von allem, groß und weiß ziehe ich meine Kreise über das Land. Und wer mich nicht verehrt, der wird mich kennenlernen.«

Da musste Hinata tatsächlich kichern, denn für ihn klang es wie ein Märchen, das seine Freundin sich gerade ausgedacht hatte. Dabei hatte Ayumi schon oft davon geträumt.

Sie knuffte ihn in die Seite und sie sprangen auf, rannten und tollten über die Wiese in spielerischem Kampf. Denn wenn Ayumi etwas von Hinata gelernt hatte, dann wie man kämpfte und rang, auch wenn ihr Vater es nicht gerne sah, wenn sie sich verausgabte.

Ayumi wurde älter und nicht nur erfahrener im Weben, sondern auch ruhiger im Umgang. Schon bald nahm sie der Vater mit, wenn es zum Tag der Toten auf den Himmelsfriedhof ging, um am Grab ihrer verstorbenen Mutter zu beten. Im Mittsommer zündeten sie Lichter am Haus an, auf dass der Geist der Mutter, den Weg zu ihnen finden würde. Mit einer Laterne pilgerten sie durch den Wald zum Grabstein auf dem alten Friedhof. Auch die Großmutter war immer dabei. Sie trug eine Laterne für ihren verstorbenen Mann.

»Ich hätte meine Mutter so gerne ein Mal gesehen«, sprach Ayumi auf dem Weg durch den Wald. »Auch wenn es nur ein einziges Mal wäre. Meinst du, wenn ich lange genug bete, wird sie mir erscheinen?«

»Die Geister der Verstorbenen sind scheue Wesen und ohne Grund haben sie in der Welt der Lebenden nichts verloren«, antwortete die Großmutter. »Außerdem sind sie an ihre Welt gebunden, eine Welt, die wir nicht sehen können. Aber du kannst dir sicher sein, sie sind immer um uns herum und beobachten uns allezeit. Sie können nur auf unsere Ebene wechseln, wenn jemand ihren Platz im Jenseits einnimmt. Doch wer würde das schon freiwillig tun?«

Das leuchtete Ayumi ein, doch keiner ahnte, dass noch jemand den weisen Worten der Großmutter zugehört hatte. Auf dem Weg zu den Ahnen mussten sie durch den Wald des Dachses wandern, und auch wenn er sich vor den Feuern der Menschen fürchtete, so wandelte er manches Mal in ihrer Nähe und belauschte ihre Gespräche. Dazu nahm er die Gestalt eines unscheinbaren Bauern an und konnte alle täuschen.

»Das ist wahrlich interessant«, murmelte der Dachs in seinen Bart. »Da werd ich ein wenig weiter horchen.«

Sie erreichten den Friedhof und steckten Räucherstäbchen in eine Schale am Grab der Mutter. Doch so sehr Ayumi auch betete, kein Geist ihrer Vorfahren ließ sich blicken.

Derweil wunderten sich Yoshio und Tomoe, wer denn der arme Bauer war, der so ausgiebig an dem alten, verwitterten Grab nebenan betete.

Dort hatte sich doch jahrelang niemand gekümmert.

Als die Zeremonie fast beendet war, fragte Ayumi: »Großmutter, sag mir, wie kommen die Geister der Toten ins Jenseits, wenn doch ihre Asche hier unter dem Grabstein liegt?«

»Das ist die Aufgabe des Windes aus dem Norden«, sagte sie. »Uns bringt er den Winter, den Schnee, den Regen und die kalten Tage. Aber seine einzige andere Aufgabe ist es, alle Totenlichter zu löschen und die Seelen hinüber ins Jenseits zu leiten.«

Das hörte auch der Dachs und er dachte: Wenn ich nur etwas finden könnte, das tot ist und schwer genug, den Geist des Windes zu fesseln, dann müsste es doch ein Leichtes sein, ihn festzunageln.

Bald hatte der Abend ein Ende und auch Ayumi, ihr Vater und die Großmutter kehrten wohlbehalten nach Hause zurück. Der Dachs jedoch blieb noch lange auf dem Friedhof hocken.

Vier

Wie der Dachs den Wind fing

Mit dem Wissen um den Wind versuchte der Dachs erneut sein Glück. Er wollte die Gewalt der Natur bändigen und unter seinen Willen zwingen. Doch es gelang ihm nicht. Viel zu frei und stark war der Nordwind, als dass er sich um einen niederen Obake gekümmert hätte.

So gingen die Jahre ins Land und als Ayumi zum sechzehnten Mal ihr Frühjahr erreichte, da schaffte es die Großmutter nur schwerlich über den Winter.

»Das wird das letzte Mal sein, dass ich die Kälte bezwinge«, flüsterte sie Ayumi zu, als sie eines frühen Morgens nah beieinander lagen, um sich zu wärmen. Ayumi konnte mit all ihrem Leben und all ihrer Hitze schon kaum noch in die Knochen der alten Dame vordringen.

»Großmutter Tomoe, sprich nicht von deinem Schicksal in der Dämmerung«, sagte Ayumi in unverhoffter Weisheit, wie sie nur der schwindende Schlaf im ersten Licht des Tages schenkt. »Solange ich bei dir bin, werde ich es nicht zulassen, dass dich der Wind holt.«

»So soll es sein«, flüsterte Tomoe. »Du bist mein Anker im Fluss der Zeit und ich will für immer der deine sein, auch wenn ich nicht mehr lange bei dir bleiben kann. Das spüre ich und es lässt sich nicht ändern, da es uns allen vorbestimmt ist. Aber sei gewiss, aus welcher Welt auch immer, ich werde über dich wachen.«

Da fühlte sich Ayumi noch einmal geborgen in den Armen der Großmutter, doch so sehr sie auch in den nächsten Tagen bei ihr blieb und auf sie achtete, so wenig vermochte sie das Schicksal zu wenden. Als der Südwind schon die erste laue Brise des Sommers über die Hügel schickte, schlief Tomoe eines Nachmittags am Webstuhl ein und wachte nicht mehr auf.

Der Nordwind hatte zwar kaum mehr Kraft als für den milden Regen, der den Reis sprießen lässt, aber seine andere Aufgabe erfüllte er so gewissenhaft wie ein Soldat des Kaisers. Er half dem Geist der Großmutter hinüber ins Land der Toten. Dann kam der Tag des Abschieds, als Tomoes Asche zum Himmelsfriedhof gebracht wurde und Ayumi weinte bittere Tränen, denn die Großmutter bettete man gleich neben dem Grab ihrer Mutter.

Ihr Vater stand dabei und er wunderte sich über den fremden Bauern, der wieder an dem überwucherten Stein nebenan betete.

»Wer seid Ihr?«, sprach er ihn an. »Und wie kommt es, dass Ihr stets an diesem Grab kniet, wenn wir den Friedhof besuchen?«

»Seid nicht gekränkt«, erwiderte der Mann. »Ich bin Ikuto und nur ein armer Bauer von jenseits der Berge, der vor langer Zeit gegangen ist, um sein Glück in der Ferne zu suchen, es aber nicht gefunden hat. Ich kam heim, nur um zu sehen, wie mir die Zeit mein geliebtes Mütterchen geraubt hat. Jetzt trauere ich hier, so oft ich kann.«

Yoshio konnte nur nicken, als er in die wässerigen Augen des Bauern blickte, aber tief drinnen war ihm seltsam zumute. Obwohl auf dem alten Grab das Riedgras stand und der Efeu seine Ranken um den Stein schlang, wollte er sich erinnern, einmal das Kanji für Kazuho dort gesehen zu haben.

»Sagt mir, wen Ihr zu betrauern habt, und ich werde Euch in meine Gebete einschließen«, sagte Ikuto.

Yoshio erklärte es ihm und schloss: »Auch unsere Trauer ist tief, denn unsere Mutter und

Großmutter war die Seele des Hauses und hat immer nur Gutes getan.«

Er wollte nicht unhöflich sein, da ihm der Bauer ehrlich erschien, und er ließ Ikuto gewähren.

Noch vor der Dämmerung am Abend der Begräbniszeremonie nahm er Ayumi mit der einen Hand und in die andere die große Laterne, die er mitgebracht hatte, um sie sicher nach Hause zu geleiten.

Kaum waren die letzten Gäste des Rituals gegangen, da rieb sich der Dachs die Hände.

So, so, dachte er und zwirbelte seinen Bart. Zu dieser Jahreszeit ist der Nordwind schwach und bekommt nur einen lauen Regen zusammen. Aber die Geister zu leiten, fällt ihm nicht schwer, da sie so viel Gutes getan haben und sicher nicht viel wiegen. Doch was wäre, wenn ich das Grab mit dem schwersten Stein suche und darin die schwärzeste Seele lege? Ob er sich dann noch so leicht erheben kann?

Doch wen sollte er finden, der so eine durchtriebene Seele hätte außer seiner eigenen, und die wollte er dem Wind ganz sicher nicht opfern.

Da fiel ihm der Fuchs ein und gleich stieß es ihm sauer auf. Wie oft hatte der sich für den Schlauesten des Waldes gehalten und wie viele Hühner und Enten und Gänse hatte er geraubt und ganz sicher ohne Mitleid den Hals umgedreht.

»Nein, nein«, murmelte er. »Um Kitsune wird niemand trauern. Er hat doch so eine gute Nase. Das soll ihm zum Verhängnis werden. Ich werde ihm eine Falle stellen.«

Gesagt, getan. In der Nacht stahl er ein paar Eier aus dem Dorf und ließ sie fein in seinem Bau liegen. Nach ein paar Wochen gammelten sie schlimm vor sich hin und stanken gar widerlich. Das war dem Dachs nur recht, und in einer windigen Sommernacht, auf dass sich der Duft schön verteile, legte er die Eier in ein leeres Grab auf dem Friedhof. Er rollte den größten Felsen, den er finden und gerade noch bewältigen konnte, bis an die Kante und versteckte sich in den Büschen nebendran.

Dem Fuchs war bald der Geruch in die Nase gestiegen und zur Mittnacht konnte er nicht mehr widerstehen. Ihm war nicht geheuer, unter dem Stein in das Grab zu kriechen, denn er war so schlau, eine Falle zu vermuten, aber der Duft war zu verführerisch und brachte ihn um den Verstand.

So stieg er hinab und begann die Schalen zu knacken. Da sprang der Dachs aus seinem Versteck und wälzte den Felsen über das Loch. Der Fuchs war gefangen und der Dachs setzte sich gemütlich in den Mondschein dieser verhängnisvollen Nacht. Er musste nicht lange warten.

Bald ging dem Fuchs die Luft aus und ein qualvolles Röcheln, das der Dachs bis nach draußen hörte, war Kitsunes letzter Gruß ans Leben.

Der Dachs blieb im Gras sitzen und lauschte gespannt, was sich nun tun würde. Mit den Sinnen eines Yokai sah er, wie der Nordwind durch die Nacht herbeiflog und das Grab umkreiste. Stärker und stärker wurde er von der Seele des Fuchses angezogen und musste seine Aufgabe erfüllen. Er fuhr in den Boden, um den Geist zu holen.

Darauf hatte der Dachs nur gewartet. Er wirkte den mächtigsten alten Zauber, den ihn seine Mutter gelehrt hatte, um den Felsen für immer auf das Grab zu bannen. So stark war die Magie, dass ihn nur die stärksten Götter wieder heben konnten.

Der Nordwind hatte inzwischen die schwarze Seele des Fuchses geschluckt und sie war so abgrundtief böse und schwer, dass er damit, und durch den gebannten Stein auf dem Loch, dem dunklen Grab nicht mehr entfliehen konnte. Der Wind war gefangen und der Dachs wälzte sich feixend im Gras.

»So wird meine Rache an allen, die mich jemals störten, zu guter Letzt wahr. Hab ich doch den Fuchs überlistet, einen Kami gefangen und den Menschen eine Jahreszeit geraubt.«

Zweiter Teil

Kunststücke

Fünf

Wie das tote Eichhorn tanzen lernte

Nicht ahnend, welches Schicksal sich am Horizont zusammenbraute, erlebten das Dorf und alle Bewohner der Täler ringsum einen herrlichen Sommer. Die Sonne brannte fast zu heiß, doch die Pflanzen wuchsen wie wild unter dem Licht.

Ayumi sah man die Trauer um ihre Großmutter an, die sie durch den gesamten Sommer trug. Das war die Zeit, in der Hinata aufblühte, denn er war stets der Gegenpol seiner liebsten Freundin. Er baute sie auf und lenkte sie ab, wann immer er konnte. Er malte für sie und ließ sich von ihr die abenteuerlichsten Geschichten erzählen, während sie das Spiel der Wolken am Himmel betrachteten. Und ebenso zählten sie die Sterne in der Nacht, wenn sie in der Hitze nicht schlafen konnten und auf den Matten im Garten an der freien Luft lagen.

»Du bist mir so vertraut«, flüsterte Ayumi eines Nachts herüber, »und hilfst mir sehr, meine Trauer zu vergessen. Ich möchte dich nie mehr missen.«

Das war sehr ehrlich gemeint und Ayumi fühlte sich Hinata mehr als zugewandt, auch wenn sie nicht wissen konnte, ob es wahre Liebe war, die sie im Herzen spürte. Doch sie fühlte sich bei ihm sicher, denn er war inzwischen zu einem starken jungen Mann erwachsen, der in seiner Freizeit nicht nur den Umgang mit dem Pinsel, sondern auch mit dem Bogen erlernt hatte. Dazu hatte er seinen Vater solange beredet, dass doch seine Brüder viel bessere Krämer wären, bis der ihm den Wunsch erfüllte und die Ausbildung bezahlte, denn schlau war Hinata ohnehin.

Noch mehr aber hatte sich der junge Mann in Ayumi verliebt, wenn er sich auch nicht traute, es ihr in offenen Worten zu gestehen. Ihre blasse Haut und das tiefschwarze Haar, das ihr bald bis an die Knie reichte, hatte ihn bezaubert und ihre Anmut wollte er nicht mehr missen. Und obwohl er wusste, dass sie auch andere Seiten hatte, fand er ihre zurückhaltende Art und die fragile Erscheinung so liebreizend, dass er sich schwor, sie immer zu beschützen, was sich auch zutragen möge. Insgeheim betete er jeden Tag einmal am Hausschrein der Familie und zündete ein Räucherstäbchen an, auf dass die guten Geister seine hehren Gedanken erhören würden. Er wartete auf eine Eingebung oder wenigstens eine Gelegenheit, sich Ayumi zu erklären.

Doch die Geister blieben stumm und lächelten nur über sein weltliches Anliegen.

Alle wunderten sich über den langen Sommer und den warmen Herbst, der die Blätter so gar nicht färben wollte. Aber als der Regen ausblieb und im Winter kein Schnee fiel, weil es so trocken und warm war, da murrten die Bauern und flüsterten über ein böses Omen.

Noch waren ihre Kammern mit Reis gefüllt, doch was sollte im Frühjahr werden? Wo blieb das Wasser, um die Felder von Neuem zu fluten? Die Bäche liefen trocken und die Seen waren bald nur noch morastige Pfützen in der Landschaft.

Viele begannen Zeichen zur Abwehr der Dämonen an die Häuser zu malen und beteten an ihren Schreinen für Regen und Schnee. Doch monatelang blieb es trocken und nicht eine einzige Wolke trug der Wind heran.

Auch Ayumi betete am Schrein zu den Göttern, aber sie wollte auch die Geister der Vorfahren milde stimmen, denn das Gefühl sagte ihr, dass die Antwort verborgen lag und nur diejenigen helfen können, die aus dem Land der Toten herüberblicken und alles sehen.

»Ich muss die Geister bitten, uns zu helfen«, sagte sie eines Tages zu Hinata, als sie beisammen saßen und über die Not des Landes sprachen.

»Was willst du tun?«, fragte er.

»Ich will den Vater nicht verunsichern, aber allein traue ich mich nicht durch den Wald bis auf den Himmelsfriedhof. Willst du mich begleiten?«

Das brauchte sie Hinata nicht zweimal zu fragen. Für ein Abenteuer, noch dazu mit Ayumi, war er allzeit bereit.

Sie verabredeten sich zu einem Treffen tief in der Nacht, wenn alle Menschen im Dorf schliefen. Ayumi schlich sich leise aus dem Haus, um den Vater nicht zu wecken und traf sich mit Hinata im Garten. Er trug seinen Bogen über der Schulter und den Köcher mit Pfeilen am Gürtel, um die kleine Nachtgesellschaft gegen alle Gefahren verteidigen zu können. Außerdem brachte er eine große Laterne an einem Stock mit. Zuerst tasteten sie sich auf dunklen Pfaden aus dem Dorf, ohne zu wagen, das Licht zu entzünden, damit niemand sie entdecken möge.

Erst als sie im Wald angekommen waren, leuchtete Hinata ihnen den Weg durch den Forst bis zur Pforte des Friedhofs. Leise traten sie auf und versuchten, weder Reh noch Hase zu schrecken und schon gar nicht die Geister, die sie wohl erwarteten.

»Lass uns am Grab der Großmutter knien und beten«, sagte Ayumi. »Wenn uns überhaupt noch jemand helfen kann, dann wird es ein Geist sein und sei es nur, dass wir einen guten Rat bekommen.«

Sie stellten das Licht vor den Grabstein, knieten nieder und versanken in tiefe Meditation.

Sie brauchten nicht lange zu warten. Kaum war die Mittnacht angebrochen, da fühlte Ayumi, wie ihr ein sanfter Wind über die Wangen strich. Als sie die Augen öffnete, sah sie Tomoe gleich hinter dem Grabstein stehen.

Sie hörte, wie Hinata tief atmete, denn auch er hatte die Erscheinung erblickt und da sie beide noch nie einen Geist gesehen hatten, verschlug es ihnen die Sprache.

Die Großmutter war gewandet wie immer, doch ihr Kleid schien aus weichem Nebel gewebt und als ihr Ayumi ins Gesicht schaute, erschrak sie. Tomoes Augen lagen tief und dunkel und ihre Knochen warfen Schatten auf die Wangen, so hohl schien ihr Gesicht.

»Warum kommt ihr erst jetzt?«, fuhr die Großmutter sie an. »Würdet ihr nicht nur einmal im Jahr auf den Friedhof gehen, sondern hättet ihr mich schon eher gerufen, dann wäre dem Land viel Leid erspart geblieben. Jetzt ist es fast zu spät, um die nächste Ernte zu retten.«

»Was ist denn passiert?«, fragte Ayumi. »Großmutter sag uns, warum bleibt der Winter aus?«

»Der Nordwind kann die Kälte nicht bringen. Der Dachs hat ihn gefangen«, antwortete Tomoe.

»Wie konnte das geschehen?«, fragte Hinata mutig dazwischen. »Ist doch der Nordwind ein Kami und niemals hat jemand ihn gefangen.«

»Selbst die Geister haben es nicht für möglich gehalten«, hauchte Tomoe herüber. »Aber Kisame, der alte Dachs, ist so verschlagen und übermütig geworden, dass er es nicht nur gewagt hat, sondern es ihm auch gelungen ist. Ich habe es schließlich beobachten dürfen, denn der Wind liegt im Grab gleich nebenan.«

Da schreckten Ayumi und Hinata zurück.

»Keine Angst«, rief die Großmutter. »Euch kann der Zauber nicht berühren. Aber alle Geister des Landes sind seit dem letzten Sommer in Aufruhr.«

»Wie das?«, fragte Ayumi.

»Der Nordwind bringt die Seelen nicht mehr ins Land der Toten und so irren sie über die sieben Tage, die ihnen eigentlich zustehen, immer noch in der Welt umher. Sie können von ihrer irdischen Existenz nicht lassen und werden bösartiger mit jeder Nacht, die verstreicht. Bald packt sie der helle Zorn und sie werden den Menschen das Leben zur Hölle machen.«

»Was können wir tun?«, fragte Hinata und Ayumi im gleichen Atemzug: »Wie können wir den Nordwind befreien?«

»Diesen Zauber könnt ihr allein nicht lösen«, sagte Tomoe. »Aber für Menschen und Geister zusammen gibt es vielleicht eine Möglichkeit dem Dachs ein Schnippchen zu schlagen.«

»Was immer es ist«, sagte Hinata. »Wir werden es versuchen.«

»Nicht so voreilig, junger Freund«, sagte die Großmutter und Ayumi bemerkte, wie ein Schatten von Leid über das Gesicht der alten Dame glitt, als wäre eine Motte durchs Mondlicht geflogen.

»Soll unser Plan Erfolg haben, dann erfordert er ein ernstes Opfer. Ich habe so einiges gelernt, seit ich unter den Geistern lebe. Den Nordwind können wir nur befreien, wenn wir ihm die schwarze Seele des Fuchses nehmen, die ihn auf die Erde bannt. Dazu muss jemand Kitsunes Platz einnehmen. Das muss nahe genug geschehen, um die Seelen zu tauschen und die neue Seele muss gut und rein genug sein, auf dass der Wind sich gegen den schweren Stein, der auf ihm liegt, behaupten kann.«

»Das heißt«, schloss Hinata, »jemand muss dort drüben auf dem mächtigen Stein sterben, damit der Tausch gelingt.«

»Fast so muss es sein«, antwortete Tomoe vorsichtig.

»Aber wer würde sich freiwillig dafür anbieten?«, seufzte Hinata.

»Ich werde es tun«, antwortete Tomoe, da hatten sie noch nicht ganz zu Ende gedacht.

»Aber wie kann das gehen, Großmütterchen?«, entfuhr es Hinata. »Du hast keinen Körper und bist doch schon tot?«

»Ich habe mich mit manch mächtigem Geist aus dem Land der Toten beraten«, sagte Tomoe. »Mit ein wenig List und alter Magie können wir es schaffen den Nordwind zu befreien. Hinata, höre auf meine Worte, denn auch du musst das Deine dazutun.«

Wie es seine Art war, verneigte sich Hinata mit knappem Nicken.

»Du hast deinen Bogen mitgebracht«, sagte die Großmutter. »Das habe ich dir in deine Träume gewoben, denn du wirst uns jetzt ein kleines Leben jagen.«

Hinata runzelte die Stirn.

»Aber Großmütterchen«, fragte er erstaunt. »Der Mond scheint zwar mit halbem Gesicht, aber für die Jagd ist es zu düster. Wie soll ich hier im Wald etwas treffen?«

»Nimm den Bogen, leg einen Pfeil auf und schließ die Augen«, befahl Tomoe. »Ich werde in dich fahren und deine Hände leiten, damit du ein Ziel triffst, dass du nicht sehen kannst, ich aber sehr wohl. Denn jeder Geist und sei er auch noch so klein, leuchtet wie ein Licht in der Nacht.«

Hinata nahm den Bogen in die Hand und legte einen Pfeil auf die Sehne.

»Aber was wird dann geschehen?«, fragte Ayumi ahnend, dass die Großmutter etwas im Schilde führte.

»Wenn der kleine Geist des Tieres den Körper verlassen hat und im Wald umherirrt, werde ich in seinen Leib fahren und auf das Grab des Windes laufen. Mithilfe seltener Magie werde ich tot und doch lebendig sein, so dass ich erneut sterben kann. Dann muss mich der Wind erhören und ich werde ihm anbieten, den Platz mit dem Fuchs zu tauschen. Dazu muss Hinata das Eichhorn ein zweites Mal erschießen.«

»Das wird mir im Mondlicht wohl gelingen«, sagte Hinata. Aber Ayumi war misstrauisch.

»Was passiert mit der Seele des Fuchses und erst recht, was passiert dann mit dir, Tomoe?«

»Der Fuchs wird zu einem Oni werden. Sein böser Geist wird weder ganz hier noch ganz im Land der Toten sein. Er wird für immer an diesem Ort spuken. Ich hoffe, sein Groll über den Dachs, der ihn in diese missliche Lage brachte, wird so groß sein, dass er ihn auf immer verfolgt. Das wäre gut, denn dann hätten wir zwei Fliegen mit einer Klappe geschlagen und uns redlich an dem alten Mujina gerächt.«

»Großmutter?«, fragte Ayumi voller Zweifel. »Und was wird aus dir?«

»Das soll nicht eure Sorge sein«, antwortete Tomoe. »Jetzt lasst uns schnell beginnen, denn die Mittnacht ist bald vorbei und dann werde ich nicht mehr so stark sein, wie es nötig ist.«

Hinata nickte gehorsam, schloss seine Augen und spannte den Bogen. Tomoe leitete seine Hand und sagte: »Jetzt!«

Der Pfeil flog in die Dunkelheit und traf ein armes Eichhorn, das auf dem Zweig einer alten Kiefer friedlich schlummerte. Es fiel vom Baum und kaum hatte sich sein kleiner Geist verflüchtigt, da fuhr die Großmutter in den leblosen Körper und richtete ihn auf. Sie stolperte ungelenk ins Licht der Laterne und weiter bis auf den großen Felsen, unter dem der Wind begraben lag.

Gar seltsam sah das aus, wie sie sich drehte und taumelte; als würde sie einen Totentanz zum Besten geben. Der Pfeil lief einmal quer durch ihren Körper und ihre Augen leuchteten starr in blankem Weiß in die Nacht. Ayumi und Hinata klammerten sich bang aneinander, da sie meinten, eine kalte Hand griff nach ihren Herzen, denn wo die Toten wandeln, ist den Lebenden nicht wohl.

»So schieß ein zweites Mal«, tönte es schaurig aus des Eichhorns kleiner Schnauze. Ihm quoll der Äther aus dem Geisterreich zwischen den Zähnen hervor und Hinata musste all seinen Mut aufbringen, um auf die wandelnde Leiche zu zielen.

Er traf den Wiedergänger ein zweites Mal ins Herz und plötzlich war Stille. Der Wald hielt den Atem an und auch die beiden Freunde wagten keinen Laut zu geben.

Da fuhr als erstes die gemeine Seele des Fuchses unter dem Stein hervor. Widerlich war seine Fratze und das Fell ganz schwarz. Mit bösem Blick musterte er die Lebenden, doch dann schien er sich zu erinnern. Er schnüffelte hier und da und sauste ungestüm um Ayumi und Hinata herum. Er erkannte, dass die beiden zwar etwas mit seiner Befreiung, aber nicht mit seinem Leid zu tun hatten. Mit einem Heulen, das die Menschen nie gehört hatten, schoss sein halbdurchsichtiger Geist wie ein Phantom in der Finsternis des Waldes davon.

Dann erschien der Nordwind und er gab sich ein kaltes Gesicht aus Eis, auf dass ihn die Menschen erkennen konnten. Fein waren seine Züge und erleichtert sah er im wahrsten Sinne aus. Mit einer eisigen Brise ließ er seine weißen Haare wallen und Ayumi wagte kaum zu atmen, so frostig wurde die Luft.

»Ihr hab mich befreit«, donnerte er, dabei versuchte er noch leise zu reden, doch die Macht eines Kami ist gewaltig und alle Tiere im Wald schraken für einen Moment zusammen und im nahen Dorf hörten die Bauern ein rätselhaftes Dröhnen über den Höhen.

»Dafür stehe ich in eurer Schuld«, sprach der Wind. »Wenn die Zeit in euer Leben kommt und ihr nicht mehr weiter wisst oder in großer Gefahr seid, dürft ihr mich einmal herbeirufen, um euch beizustehen. Dann kann ich meine Schuld begleichen. Nun muss ich fliegen, denn ich habe eine Menge Arbeit versäumt.«

Er wollte sich schon wenden und mit mächtigem Wirbel hinauf gen Himmel fahren, da nahm sich Ayumi ein Herz.

»Was ist mit der Großmutter?«, schrie Ayumi dem Wind nach.

Da drehte sich der Nordwind noch einmal zurück und blickte in die großen Augen des Mädchens, das auf die Knie gesunken war. Tief in ihre Seele schaute er und versuchte, ihr Schicksal zu ergründen. Doch selbst ein Kami kann den Fluss der Zeit nicht zwingen, seine Geheimnisse preiszugeben. Aber einen dunklen Schatten sah er allemal.

»Du bist hilfreich und recht unverzagt«, sagte er. »Da ist etwas, das in dir lauert, doch ich kann nicht sagen, was für ein Schicksal dir bevorsteht.

Groß muss es sein, sonst würde ich es nicht spüren. Sprich zu deiner Großmutter und du wirst den Rest erfahren. Gehab dich wohl, bis wir uns eines Tages wiedersehen.«

Dann rauschte er auf eisigen Schwingen in die Nacht, um die Arbeit wieder aufzunehmen, die ihm seit Urbeginn der Schöpfung anvertraut war.

»Hurra!«, brüllte Hinata, kaum war der Wind gegangen. »Wir haben es geschafft, wir haben den Wind befreit und das Land gerettet.«

Ayumi hob nur die Hand und ließ ihn verstummen.

»Da stimmt etwas nicht«, sagte sie und ihr brach die Stimme, da ihr Herz für einen Moment stockte.

In diesem Moment erlosch die Laterne und das wenige Mondlicht ließ das Grab zu ihren Füssen in bleichem Glanz erstrahlen.

»Großmutter«, schrie sie und Tomoe fuhr unter dem Stein hervor.

»Es ist besser, wenn du mich nicht mehr rufst!«, heulte die Großmutter mit schauriger Stimme. »Dies wird nun für immer mein Platz sein, da mich der Wind an diesen Ort bannen musste. Da ich schon einmal gestorben bin, konnte er mich nicht erneut ins Land der Toten bringen. Auch ich bin ab jetzt ein Oni und auf ewig im Zwischenreich gefangen. Wer mich ruft und nicht beherrschen kann, der bekommt meine dunkle Macht zu spüren. Ich kann es fühlen. Ich sehe eure kleinen, ängstlichen Herzchen schlagen und möchte sie am liebsten aussaugen. Die Flamme meiner alten Liebe für dich, Ayumi, wird gleich erlöschen. Flieht, sonst wird ein Unglück geschehen.«

Da erkannte Ayumi den unheilvollen Tausch, den Tomoe eingegangen war und das große Opfer, welches sie dargebracht hatte, um die Menschen zu retten.

»Warum hast du das getan?«, schrie sie die schreckliche Erscheinung an. So böse schaute die Großmutter aus ihrem schwarzen, wallenden Nebel herab, dass Ayumi das Blut gefror.

Hinata riss sie auf die Beine und beide flohen in Panik von der Bergkuppe. Er brachte Ayumi heil nach Hause, doch sie weinte die ganze Zeit. Auch als sie die schicksalsschwere Geschichte dem Vater und später auch den anderen Bürgern erzählte, nahm ihr die Schwere von Tomoes Opfer so manches Mal den Atem. Sie schwor sich insgeheim, den Dachs eines Tages für das Unglück zur Rechenschaft zu ziehen.

Ab dieser Zeit fanden die Ehrenfeste für die Toten auf dem Friedhof nur noch im hellsten Sonnenschein statt und kein Mensch wagte jemals mehr, zur Nachtzeit dort zu wandeln.

Sechs

Wie sich Hinata versprach

*T*omoe hatte sich geopfert und ihre Seele war im Zwischenreich verdammt. So ging es auch dem Fuchs, doch der hatte ein Ziel. Sein unbändiger Hass auf den Dachs, dem er seinen Tod zu verdanken hatte, ließ ihn zu einem Fluch werden, der den alten Grimbart verfolgte. Je dunkler die Nacht desto besser, denn dann wuchs die Stärke des Fuchses. Er kam ungerufen zum Bau des Dachses und schlich heulend um seine Pforten. Er folgte Kisame auf seinen Streifzügen, solange es finster war, vertrieb alle Beute und ließ den Dachs auf jeder Jagd verzweifeln. Bald war der alte Mujina so abgemagert und verstört, dass er aus seinem Bau floh und im Frostwald nicht mehr gesehen ward.

Nach einer Weile bekamen das auch die Bauern mit und ihre Freude war groß, dass nicht nur der

Schnee und der Regen zurück im Lande waren, sondern dass der niederträchtige Dachs das Weite gesucht hatte.

Als Hinata das hörte, brachte er die frohe Kunde zu Ayumi. Da es Sommer war, fand er sie im Garten hinter dem Haus. Sie saß im Schatten unter dem einzigen Kirschbaum, den der Weber besaß, und hing ihren Gedanken nach.

»Das freut mich,« sagte sie, nachdem sie die Neuigkeit vernommen hatte, »da es uns allen das Leben leichter macht.« Trotzdem schaute sie dabei mit so traurigen Augen in die Ferne, dass Hinata sich Sorgen machte.

»Nun sind bald zwei Jahre seit unserer Nacht auf dem Friedhof vergangen«, sagte er. »Und ich weiß, wie oft du an Tomoe und ihr schweres Schicksal denkst, aber in der letzten Zeit schien es mir, als hätte ich es geschafft, dich abzulenken und ins Leben zurückzuholen. Du bist mir so ans Herz gewachsen, dass ich dich nicht mehr missen möchte und es schmerzt mich, wenn es dir nicht gut geht.«

»Das ist lieb«, antwortete Ayumi und nahm Hinatas Hand, da er sich neben sie gesetzt hatte. »Aber seit der Nacht im Wald liegt etwas auf meiner Seele, darüber konnte ich noch mit niemandem sprechen. Das Verhängnis, das der Dachs über uns und vor allem Tomoe brachte, hat mich lange beschäftigt, aber da ist noch etwas anderes.«

»Was es auch ist«, sagte Hinata. »Ich werde es bekämpfen und wir werden gewinnen.«

»Diesmal gibt es nichts zu kämpfen und auch nichts zu überwinden,« sagte Ayumi leise, »denn es rührt aus der Macht der Götter. Als ich nach dem Wind rief und er in meine Seele schaute, war mir dasselbe gegeben. Für einen Moment, der dir wahrscheinlich wie der Flügelschlag der schnellsten Schwalbe vorgekommen ist, war der Wind in mir und ich wurde zum Wind. Für mich war es ein Rausch, dass ich dachte, für eine lange Reise mit dem Wind zu fliegen. Ich konnte all das tun, was auch er vermag und sah das Land, die Berge und die Meere unter uns liegen. Am Ende stieg ich mit ihm in die Wolken auf. Einmal habe ich die Macht der Götter gespürt. Das hat an mein Herz gerührt und mein Geist kann den Anblick nicht vergessen.«

»Das mag sein«, antwortete Hinata selbstbewusst. »Aber du bist ein Mensch und lebst hier und jetzt. Auch wenn die Götter dich berührt haben, so werde ich doch alles tun, damit du bei mir bleibst.«

Und da er spürte, dass er nicht nur ehrlich sein sollte, sondern den Moment nutzen musste, um sich zu offenbaren, sagte er: »Du bist schon lange die Liebe in meinem Herzen und ich möchte mich dir versprechen.«

Für Ayumi kam es nicht überraschend, denn die Begegnung mit dem Kami hatte ihre Sinne mehr geschärft, als sie es sowieso schon waren. Sie hatte um die Zuneigung Hinatas lange gewusst, aber bevor sie sich bekannte, wollte sie wieder ganz sie selber sein. Seit der unseligen Nacht auf dem Friedhof fühlte sie, etwas in ihr hatte sich verändert. Auch wenn sie nicht bestimmen konnte, was es war, so wollte sie ehrlich mit ihrem Freund aus Kindertagen sein, denn was er ihr eröffnet hatte, war kein Kinderspiel mehr.

»Ich schätze dein Gelübde sehr«, sagte sie. »Doch du verdienst Gewissheit und bevor ich auf dein Anliegen antworten kann, muss noch Zeit ins Land gehen und meine Wunden - und seien sie nur in meinem Herzen - müssen weiter heilen.«

So kam es zum Bekenntnis unter dem Kirschbaum, aber eine Verlobung konnte Ayumi nicht besiegeln. Sie kam mit Hinata überein, weder dem Vater noch der Familie des Krämers davon zu berichten. Es blieb der beiden Freunde Geheimnis.

Es sollte für Ayumi wie eine wunderhübsche Kirschblüte sein, die auf dem Fluss der Zeit vorbeischwamm. Sie konnte sich nicht durchringen, danach zu greifen und schaute ihr lange nach. Doch was der Fluss einmal mitgenommen hat, das kann der Mensch nicht mehr zurückholen, es schwimmt unweigerlich zum Ozean und wird mit all den anderen Wünschen und Bitten und Schwüren im Meer der Zeit versinken. Das war Ayumi nicht bewusst, als sie mit Hinata in den Schatten saß.

Sieben

Wie Ayumi ihr Spiegelbild fand

Die ungewöhnliche Geschichte von der Befreiung des Windes hatte derweil die Kaiserstadt erreicht und der Tenno schickte einen Schreiber, um die Ereignisse zu überprüfen und festzuhalten. Er liebte Heldengeschichten und wünschte, dass sie in die Annalen des Landes eingingen.

So erschien eines Tages ein Schriftführer aus der Hauptstadt im Dorf. Getragen wurde er in einer Sänfte und kaum war er ausgestiegen, da begann er die Menschen zu befragen. Überall forschte er nach den unglaublichen Geschehnissen im Frostwald und auch Ayumi und Hinata mussten die Vorfälle beschreiben. Er machte sich fleißig Notizen. Nachdem er genug gehört hatte, kehrte er in die Kaiserstadt zurück und die Dörfler hörten lange nichts von ihm.

Eines Tages trugen zwanzig Diener wieder eine Sänfte in das Dorf und setzten sie vor dem Haus des Webers ab. Das Innere der Kabine war diesmal ganz und gar verhüllt und niemand konnte sehen, wer dort angereist war.

Der Statthalter des Kaisers höchstselbst begleitete den Zug und stieg von seinem Pferd, um an die Tür des Webers zu klopfen.

Der Vater öffnete und verneigte sich zutiefst.

»Erhebt euch, guter Mann«, sagte der Statthalter. »Ich bin Daisuke, der Statthalter des Kaisers und ich verlange nichts von euch, als für einen Moment eure Tochter zu sehen.«

Verdattert rief Yoshio Ayumi herbei und als der hohe Herr sie erblickte, stockte ihm für einen Augenblick der Atem. Er fing sich schnell und sagte: »Ihr seid das mutige Mädchen, von dem alle berichten. Folgt mir auf ein Wort in die Sänfte, die wir dort auf der Straße abgesetzt haben. Jemand möchte euch sehen.«

Ayumi tat wie ihr geheißen. Der Statthalter öffnete den Vorhang und sie kletterte gewandt in die Sänfte.

Trotz des Halbdunkels in der Kabine staunte sie nicht schlecht, da sie zuerst meinte, in einen Spiegel zu schauen. Doch da war kein Spiegel, nur jemand, der ihr gegenüber saß und ihr wie aus dem Gesicht geschnitten schien.

Es war die einzige Tochter des Tenno und sie sah Ayumi zum Verwechseln ähnlich, auch wenn sie im gleichen Moment erkannte, wie fein gekleidet und aufwendig frisiert die junge Dame war.

»Hast du dich selbst erkannt?«, fragte ihre Gastgeberin mit einem Lächeln auf den Lippen. »Ich konnte es kaum glauben, aber was mir der Schreiber berichtete, ist wahr. Du bist mir so ähnlich, als wärst du meine Schwester. Ich bin Kaida, das achte Kind des Tenno und seine einzige Tochter. Und du musst Ayumi sein, von der man sagt, sie hätte einen Yokai überlistet und einen Kami befreit.«

Zuerst war Ayumi sprachlos, denn es war ihr ein wenig unheimlich, dass die Person in der Sänfte ihr so ähnlich sah. Doch schnell freute sie sich, auf die Fragen von Kaida zu antworten, denn die begehrte, die abenteuerliche Geschichte aus erster Hand zu hören.

»Im Gegenzug darfst du mich alles fragen, was dich interessiert,« sagte Kaida am Ende, »denn du möchtest bestimmt wissen, wie das Leben im Palast verläuft. Oder, wenn ich deinen Augen trauen kann, dann möchtest du ebenso erfahren, wie die schönen Tücher gewebt werden, aus denen mein Kleid gefertigt ist. Auch ich liebe die Arbeit mit feinen Stoffen und das Sticken von frohen Mustern. Willst du es anfassen?«

Das war sehr wohl etwas, das Ayumis Neugier weckte, denn sie hatte das aufwendige Gewand der Kaisertochter mit wachen Augen betrachtet. Sie fühlte an den teuren Stoffen und fuhr mit den Fingern über jedes Muster. Dabei fragte sie Kaida über dies und das. Bald hatten die beiden mehr als eine Stunde miteinander verbracht und kamen sich nicht nur näher, sondern erkannten einen verwandten Geist.

»Mein Vater ist so streng zu mir«, sagte Kaida plötzlich. »Er sieht mich am liebsten in Begleitung gehen und außerhalb des Palastes folgt mir ein Tross aufmerksamer Wachen. Er will mich nur beschützen, aber er nimmt mir die Luft zum Atmen. Selbst auf so einer kleinen Reise wie dieser, lassen mich seine Diener nie aus den Augen. Geht es dir nicht manchmal genauso?«

»Ein bisschen schon«, antwortete Ayumi. »Wenn auch mein Vater nicht über so viele Wachen verfügt.«

Sie mussten zusammen lachen.

»Ich möchte, dass du etwas ausprobierst«, sagte Kaida zu Ayumis Überraschung. »Ich stecke dir jetzt ein paar von meinen Kämmen in die Haare und binde sie fast wie bei mir. Dann wirfst du schnell dieses Gewand, das ich mitgebracht habe, über dein eigenes und gehst nach draußen. Ich möchte sehen, ob der Statthalter Daisuke dich erkennt oder meint, ich wäre es. Wenn er dich mit Kaida anredet, lass ihn zum Gruße knien und komm wieder herein.«

So geschah es und kaum war Ayumi in dem feinen Kleid vor die Sänfte getreten, da verneigte sich der Statthalter und Kaida, die durch einen Schlitz zugeschaut hatte, konnte ihr Kichern kaum unterdrücken.

Das Wechselspiel war ein Erfolg und als Ayumi zurück in der Sänfte war, sprach ihr Kaida noch einmal gut zu.

»Das hatte ich erhofft und ich bin nicht enttäuscht worden. Der Schreiber hat nicht übertrieben, als er mir von dir berichtete. Er heißt Tèiko und ist einer meiner engsten Vertrauten im Palast. Ich liebe sein geschriebenes Wort, denn in seiner freien Zeit dichtet er und liest mir Geschichten aus der alten Zeit vor. Er ist eingeweiht und mit Daisuke werde ich es ebenso halten. Deswegen möchte ich dir etwas vorschlagen. Ich werde zum Palast zurückkehren und dir in einer Woche eine Sänfte schicken. Die bringt dich unerkannt in meine Gemächer und wir können uns nicht nur unterhalten, sondern du darfst für kurze Zeit meinen Platz einnehmen.«

»Das klingt gar abenteuerlich«, sagte Ayumi. »Und sicher lockt mich das Angebot, in die Stadt zu reisen, einmal den Palast von innen zu sehen und mit einem Streich, den Hofstaat zu narren. Aber warum willst du das tun?«

»Das Leben im Palast ist zwar fein und leicht,«
sagte Kaida, »aber es ist auch furchtbar langwei-
lig. Ich darf nichts tun, was gefährlich wäre und
nirgends gehen, ohne dass mich ein Heer von
Aufpassern bewacht. Nie kann ich frei durch die
Wälder laufen oder mit den Menschen auf dem
Markte plaudern. Ich sehne mich nach Ablenkung und möchte mich während deiner Zeit im
Palast unter das gemeine Volk mischen.«

Ayumi war so erstaunt, dass ihr die Worte fehl-
ten.

»Den ersten Teil der Probe hast du bestanden«,
fuhr Kaida fort. »Den zweiten Teil werde ich nun
versuchen. Gib mir dein Gewand, ich will es an-
legen. Dann werde ich meine Haare öffnen und
ins Haus zu deinem Vater gehen, um ihn zu bitten, deiner für einen Besuche im Kaiserpalast zu
entbehren. Ich werde sagen, der Hofstaat ver-
langt nach Berichten aus erster Hand und nur du
kannst sie uns geben. Wenn dein Vater nicht erkennt, dass ich es bin, die ihn narrt, dann ist der
Tausch möglich und ich werde dich in den nächsten Wochen wie versprochen abholen lassen.«

Das Angebot schien Ayumi riskant, aber zu-
gleich verführerisch wie nichts, was ihr im Leben
jemals widerfahren war. Sie würde die Gelegenheit erhalten, nicht nur zu reisen und die große
Stadt zu sehen, sondern für kurze Zeit wie eine
Prinzessin zu leben.

Sie vermochte nicht zu widerstehen, tauschte ihr einfaches Kleid mit Kaida und ließ diese zu ihrem Vater gehen. Wie erhofft, schöpfte er keinen Verdacht und sah nichts weiter als Ayumi in seinen Augen. In all der Aufregung über den hohen Besuch vor der Tür hatte er auch dem Wunsch des Hofstaates nichts entgegenzusetzen, ja mehr noch, er fühlte sich geehrt von dem Interesse an seiner berühmten Tochter.

Als Kaida die Nachricht zurück in die Sänfte brachte, waren die Mädchen ganz aufgeregt und mussten sich zusammenreißen, um nicht lauthals zu lachen.

Kaida umarmte sie und sagte: »So ist es abgemacht. Ich sende dir den Tross sehr bald und der treue Diener meines Vaters, der Statthalter Daisuke, soll der einzige sein, der dich sieht und zu mir geleitet. Er ist ein untadeliger Mann und mir mehr als zugeneigt. Er wird niemandem etwas verraten. Alles Weitere wirst du lernen, wenn ich dich in die Etikette im Palast einweise. Du sollst mir ebenso viel über dich, deinen Vater und die einfachen Leute im Dorf beibringen. Das wird das größte Abenteuer in deinem wie auch in meinem Leben.«

Sie besiegelten den Pakt mit einem Handschlag und konnten nicht wissen, dass es nicht nur ein Abenteuer war, über das sie gerade entschieden hatten, sondern über das Schicksal des Landes.

Acht

Wie ein Kunststück gelang

Das Angebot der Kaisertochter brachte Ayumi um den Schlaf. Jede Nacht und nicht selten am Tage überlegte sie, wie es sein würde, wenn sie endlich die große Stadt sehen könnte und in den Hallen des Palastes wandeln dürfte. Noch mehr freute sie sich auf all die Begegnungen mit den Herrschaften der feinen Gesellschaft in ihren teuren Gewändern.

Fast zwei Wochen wartete sie auf ein Zeichen und da sie mit Kaida vereinbart hatte, niemanden sonst einzuweihen, war dies für sie eine Zeit der stillen Folter. Selbst Hinata mochte sie ihre Pläne nicht offenbaren.

Eines Morgens, der Sommer hatte gerade die ersten warmen Tage ins Land gebracht, erschien tatsächlich der Statthalter mit ein paar Wachen und einem kleinen Wagen, um Ayumi abzuholen.

Sie sagte ihrem Vater und Hinata Lebewohl und versprach, sehr bald zurückzukehren.

Ayumi winkte zum Abschied, als der Wagen über die einfache Straße quer durchs Dorf rumpelte, aber schon bald kamen sie der Kaiserstadt näher. Da wurden die Straßen besser und die Reise bequemer. Daisuke gab ihr einen Schleier, damit sie sich in Maßen verhüllen konnte, um nicht durch Zufall von den Menschen erkannt zu werden, die die Tochter des Kaisers schon einmal gesehen hatten.

In aller Heimlichkeit führte er sie durch einen Hintereingang in die Gemächer der herrschaftlichen Tochter.

Kaida erwartete sie sehnlich und neben ihr stand Tèiko, der Schreiber, den sie eingeweiht hatte.

Ayumi staunte nicht schlecht, als sie zum ersten Mal die Zimmer erblickte, die Kaida zur Verfügung standen. Große Flächen und weite Räume gab es hier. Die wenigen Möbel standen an ausgesuchten Plätzen und zeigten feine Schnitzereien und schimmernde Intarsien. Kaidas Schlafplatz allein war so groß, wie die größte Kammer in ihrem Heim.

»Wenn ich deine großen Augen sehe, gehe ich davon aus, dass du dich redlich freust, nicht nur mich, sondern auch meine Gemächer zu sehen«, sagte Kaida zur Begrüßung. »Warte, bis du im

Rest des Palastes wandeln darfst, dann werden dir die Augen noch mehr übergehen. Aber zuerst steht uns eine Menge Arbeit bevor. Für die Tage deines Besuchs habe ich dir eine Kammer bereitet. Wir werden dir alles beibringen, was du über das Leben in diesen Hallen wissen musst. Tèiko und Daisuke werden uns helfen, denn auch du wirst mir dein Leben nahebringen.«

Ayumi war beeindruckt und konnte nur nicken.

»Vorab jedoch möchte ich dir etwas Wichtiges mitteilen«, sagte Kaida und zog Ayumi am Ärmel, um sich mit ihr auf eine Bank zu setzen. »Ich vertraue dir sehr, da du mir schon jetzt wie eine Schwester scheinst, aber Statthalter Daisuke hat etwas zur Bedingung gemacht, an das wir uns halten müssen, damit er uns in dieser Sache unterstützt.«

»Was wäre das?«, fragte Ayumi.

»Wenn der Tausch glückt, so wie von mir geplant, dann muss ganz sicher sein, wer von uns beiden wer ist, denn wir sehen uns sehr ähnlich. Alles, was ich plane, habe ich deswegen auf eine Schriftrolle geschrieben und zudem ein geheimes Wort dort verzeichnet, dass nur ich und meine Vertrauten kennen. Das Dokument ist mit meinem persönlichen Siegel verschlossen und im Falle eines Falles dürfen nur mein Vater oder sein Stellvertreter das Siegel brechen. Mit dem geheimen Wort kann nur ich selbst mich gegenüber dem Dokument ausweisen. Die Schriftrolle wird Tèiko an einem sicheren Ort verwahren. Mit dem Schlüsselwort können meine Vertrauten mich prüfen und sollten sie jemals Zweifel haben, wer von uns beiden wer ist, dann werden sie das Dokument benutzen.«

»Das ist mehr als gerecht«, sagte Ayumi. »Bin ich doch sowieso schon im Glück, hierher eingeladen worden zu sein.«

Kaida hatte nichts anderes erwartet, als dass Ayumi zustimmen würde und so begannen die Mädchen, sich zu unterhalten, um einander kennenzulernen. Kaum mehr als eine Woche hatten sie Zeit, dann wollte Ayumi wieder zu Hause sein. Tèiko war die meiste Zeit anwesend und half mit schlauen Hinweisen hier und da, denn er kannte sowohl das Leben bei Hofe als auch das außerhalb des Palastes. Daisuke musste sehr bald seinen gewohnten Aufgaben nachgehen, doch er ließ es sich nicht nehmen, nach der Woche intensiver Studien Ayumi wieder in ihr Dorf zu bringen.

»Hab keine Bedenken«, munterte Kaida ihre Freundin auf. »Du musst weder alles wissen, noch alles können. Téiko wird nicht von deiner Seite weichen und alle Fragen, die an dich herangetragen werden, beantworten. Wie es sich für eine kaiserliche Tochter geziemt, kannst du dich in Zurückhaltung üben und in feiner Stille schweigen. Niemand wird Verdacht schöpfen.«

Das war Ayumi recht, denn wirklich sicher fühlte sie sich noch lange nicht.

»Jetzt ist unser Abenteuer nicht mehr fern«, sagte Kaida, als sie sich nach der Woche verabschiedeten. »Wir werden uns bald wiedersehen, doch dann nur für kurze Zeit. Wenn ich in meiner Sänfte das nächste Mal bei dir im Dorf erscheine, halte dich bereit. Erzähle den Deinen, dass wir uns gut verstanden haben und ich dich von Zeit zu Zeit für ein vertrautes Gespräch besuchen möchte. Dann wird uns der Tausch gelingen. Und auch der Rücktausch nach einer Woche sollte uns keine Probleme bereiten.«

Daisuke brachte Ayumi im Wagen zurück, so wie er sie geholt hatte. Als er sie zuhause absetzte, sagte er: »Wenn wir uns das nächste Mal wiedersehen, werde ich mit einer Sänfte kommen. Das wird sicher eine bequemere Reise werden.«

»Das wäre mir ganz egal«, sagte Ayumi. »Mich könnte man auch auf Steinen rollen, so sehr freue ich mich über das Reisen und die Ablenkung und all die neuen Eindrücke.«

»Das ist mir aufgefallen«, sagte Daisuke. »Und es erstaunt mich nicht nur, wie Ihr die Prinzessin unterstützt, sondern dass ihr bei aller Ähnlichkeit im Grunde sehr verschieden seid.«

»Wie meint Ihr das?«, wunderte sich Ayumi.

»Vielleicht fällt es nur einem Außenstehenden wie mir auf. Bei aller Schule bin ich doch nur ein einfacher Soldat, der nichts mehr will, als immer der Kaiserfamilie zu Diensten zu sein. Ihr seid aus ebenso einfachen Verhältnissen wie ich und betrachtet alles, was Euch gegeben wird, mit leuchtenden Augen, als wäre es ein Wunder. Für Kaida ist das alles ganz normal und sie sehnt sich nach wenig mehr als der Abwechslung durch die einfachen Dinge, die sie nie kennenlernen durfte.«

So hatte es Ayumi noch gar nicht gesehen.

»Das will ich mir merken«, antwortete sie. »So ist es doch gut, denn bei dem Tausch möchte ich gerne ich selber bleiben.«

Da musste Daisuke lachen.

»Das steht euch gut zu Gesicht, kaum dass ich es anders erwartet hätte«, sagte er. »Und ich muss hinzufügen, es gefällt mir sehr.«

Dabei sah Ayumi, wie ein Schatten von Röte über die Wangen des Statthalters huschte, und sie musste sich schnell abwenden, denn das hatte sie nicht erwartet.

Und doch drehte sie sich noch einmal um, bevor sie einen Fuß auf die Stufen zum Haus ihres Vaters setzte.

»Ich danke Euch für alles, was Ihr mich gelehrt und ebenso was Ihr gesagt habt.« Sie verneigte sich. »Und freue mich ebenso, Euch bald wiederzusehen.«

Dann stürmte sie die Stufen hinauf und wollte nur zu Hause sein. Ihr brummte der Kopf von all den Erlebnissen und vor allem von der Etikette und den vielen Regeln am Hofe, die sie sich hatte einprägen müssen. Die vielen Untertanen aus dem Gefolge des Kaisers machten es ihr nicht einfacher. Zum Glück hatte sie durch ein geheimes Guckloch aus den Gemächern in den Hof schauen können und die meisten Mitglieder der höfischen Gesellschaft hatte Ayumi wenigstens einmal gesehen.

Kaida hatte nicht zu viel versprochen. Fast einen Monat ließ sie vergehen. Im hohen Sommer kam sie ins Dorf und sie wechselten zum ersten Mal die Plätze.

Für Ayumi folgte eine Zeit, die noch wunderbarer war, als die paar Tage, die sie schon in den privaten Räumen der Kaisertochter verbracht hatte. Sie ging mit Téiko in den Fluren und auf dem Hof spazieren und musste dem einen und anderen Bankett beiwohnen. Zum Glück verlangte die strenge Etikette nicht viel von ihr, und den Kaiser und seine Konkubinen sah sie nur von Ferne bei den wenigen offiziellen Anlässen.

Sie liebte es, ausgiebig zu baden, um danach eines nach dem anderen von Kaidas Kleidern anzulegen und die feinen Stoffe auf ihrer Haut zu fühlen.

Im Dorf Asuka war es für Kaida vielleicht noch aufregender, denn die musste sich in die Arbeit einfinden und durfte sich nicht zu redselig zeigen, wenn sie mit dem Vater beim Essen saß. Das Weben beherrschte sie bereits, da sie auf einem Webstuhl im Palast geübt hatte. Nur die Begegnungen mit Hinata hielt sie in der ersten Zeit sehr kurz und redete sich mit viel Arbeit und so manches Mal mit leidvollem Kopfschmerz heraus. So konnte sie sich an ihn gewöhnen und es sollte ihm nicht gelingen, Verdacht zu schöpfen.

Als die erste Woche ihres geheimen Spiels beendet war und sie sich in der Sänfte wiedertrafen, um ihre Kleider zu tauschen, da umarmten sie sich lange zur Begrüßung.

Keine konnte zuerst das Wort ergreifen, so sehr wussten sie umeinander, denn was sie erlebt hatten, einte sie in seltener Eintracht. Sie hatten in Welten geschaut, die ihnen durch Stand und Gesellschaft verborgen waren und die sie nur aus Erzählungen und Büchern kannten.

Doch dieses Leben war real geworden, wenn auch nur für kurze Zeit. Sie schworen, das Spiel zu wiederholen und sei es nur ein oder zwei Mal im Jahr.

Vorerst jedoch berichteten sie einander, was sich in der Woche zugetragen hatte, da sie in der Haut des anderen steckten, damit ihr Kunststück unerkannt bliebe. So schlossen sie den Pakt, ihr

Leben zu teilen. Es sollte von jetzt an reicher und schöner werden, als beide es sich je erhofft hatten.

Doch vieles im Leben erfordert nicht nur ein gutes Maß an Vorbereitung und Arbeit, auch seltenes Glück will immer ein Opfer sehen und dies kommt meistens unerwartet.

Dass es sowohl für Ayumi als auch für Kaida ein Opfer sein sollte, wie es ein jeder Mensch nur einmal geben kann, war den Mädchen nicht bewusst, als sie trunken vor Freude wieder in ihren Betten lagen und von der Welt des anderen träumten.

Von da an lebten beide für mehr als ein Jahr im Glück, nicht ahnend, was sich hinterm Horizont auf der fernen Insel Kyushu zusammenbraute. Dort, wo die Vulkane der Vorzeit noch aktiv waren und wohin der Dachs geflohen war.

Dritter Teil

Sakura

Neun

Wie eine alte Macht erwachte

Kisame war vom Fuchs verfolgt. Er rannte hierhin und dorthin, versuchte sich in den tiefsten Wäldern zu verbergen und grub einen Bau nach dem anderen. Doch der Fuchs hatte schon immer eine gute Nase besessen und war als Oni ebenso gerissen, wie zu Lebzeiten. Er erschien dem Dachs ungefragt und ungebeten des Nachts, um ihn zu plagen und aus der Ruhe zu bringen. Bei dem Rabatz, den der Fuchs veranstaltete, konnte man weder vernünftig jagen noch die Menschen berauben, denn die dunkle Nacht war dem Dachs die liebste Zeit, um auf seine Streifzüge zu gehen.

Nach einer Zeit der Unruhe wurde es dem Dachs zu viel. Er floh, bis er das Meer erblickte und es nicht mehr weiterging. Dort begab er sich heimlich auf eine Fähre und wechselte auf die südlichste Insel, die er finden konnte. Doch sogar dorthin folgte ihm der Fuchs, denn der wollte ihn nicht in Ruhe lassen.

Eines Nachts war der Dachs bis auf eine kahle Bergkuppe gelaufen und konnte noch nicht einmal die kleinste Schnecke finden, die es zu fressen gelohnt hätte. Er setzte sich auf den Boden und wartete, dass der Fuchs erscheinen würde.

»Da bist du ja, du elende Plage«, begrüßte er ihn, als sich des Onis schwarzer Schatten aus dem Dunkel verdichtete. »Du machst nicht nur mich, sondern auch dich selbst zum Gespött aller dunklen Mächte. Wie lange willst du mich noch heimsuchen?«

»Solange, bis mein Rachedurst gestillt ist«, antwortete der Fuchs. »Du bist schuld daran, dass ich zum Oni wurde und auch wenn mich das Webermädchen aus dem Dorf befreit hat, so bin ich doch nicht mehr an das Grab gebunden, denn meine Rache bindet mich an dich. Ich werde dir solange folgen, bis ich auch dich ins Reich der Geister geholt habe.«

Der Dachs war verzweifelt, aber er ließ sich nichts anmerken.

»Gegen deine Gerissenheit ist schwer anzukommen«, flötete er, »und dein Anliegen ist mehr als gerecht. Habe ich dich doch ohne dein Wissen benutzt, um den Menschen zu schaden. Aber du musst zugeben, sie waren es, die uns das

Leben schwer gemacht haben und sich an ihnen zu rächen, sollte unsere erste Aufgabe sein. Dein Opfer war vielleicht ungerecht, aber das Schlimme ist, es war letztlich umsonst. Nichts weiter als ein verschlagenes, kleines Mädchen aus dem Dorf hat uns ein Schnippchen geschlagen und den Wind befreit. Ich wünschte, mein Wirken wäre nicht vergebens und ich würde ein einziges Mal die Gelegenheit bekommen, mich an ihr zu rächen. Das soll mein letzter Wunsch sein, dann kannst du mich haben und ich will gerne zu dir ins Geisterreich hinüberwechseln.«

Der Fuchs dachte nach.

»Das klingt wahrhaft verführerisch«, sagte er. »Dann bräuchte ich dir nicht dauernd nachzujagen und wir hätten den Menschen noch einmal ordentlich in die Suppe gespuckt. Wie willst du das anstellen?«

Da atmete der Dachs heimlich auf, aber er musste sich zusammenreißen, denn er wollte dem Fuchs seine Karten nicht auf den Tisch legen. Für ihn war es nur der erste Schritt, den Fuchs abzulenken und zudem die Chance zu bekommen, sich erneut zu rächen. Den Fuchs endgültig zu beseitigen, dafür würde sich bestimmt später noch eine Gelegenheit ergeben.

»Ich besitze noch mein altes Gespür«, sagte der Dachs und nahm dabei das bisschen Selbstsicherheit zusammen, das ihm eben zurückgekehrt war. »Ich bin nicht umsonst so weit vor dir geflohen, dass wir uns jetzt hier im Niemandsland auf dieser fernen Insel treffen. Schau doch! Nichts um uns herum wächst und Dörfer sind weit und breit keine zu sehen. Das hat einen Grund.«

»Was willst du mir sagen?«, fragte der Fuchs.

»Man munkelt, es gäbe noch einen letzten großen Drachen auf Nihon. Nicht diese kleinen Brunnenwürmer in vergessenen Burgen und auch nicht die fetten Kröten in den Teichen. Nein, nein, eine mächtige Schlange aus der Zeit der Altvorderen soll sich auf dieser Insel versteckt halten und er ist einer der alten Feuerdrachen. In den Tiefen des Vulkans dort drüben soll er wohnen und auch wenn er sich selten zeigt, so hat er doch ein Haus gewählt, in dem er sicher ist vor den Menschen und ihrer Nachstellung. Er ist stark und mächtig, aber er weiß um seine Verletzlichkeit, denn wenn die Menschen wüssten, wo er wohnt, würden sie ihn jagen, bis er unter ihrem Pfeilhagel doch irgendwann sein Ende findet.«

»Du meinst«, schloss der Fuchs, »wir müssen ihn nur solange bereden, bis er sich für unsere Sache einsetzt, denn ansonsten hat er bald nichts mehr zu lachen.«

»So ist es«, sagte der Dachs. »Und wenn unsere Worte nicht helfen, dann werden wir ihm stecken, dass es uns schwerfallen wird, sein Versteck geheim zu halten und nicht vielleicht ganz aus Versehen auszuplaudern.«

»Ein Drache wäre wahrlich ein formidabler Verbündeter«, überlegte der Fuchs.

»Hilf mir, ihn zu suchen«, schloss der Dachs. »Du bist ein Geist und kannst in jede Höhle fliegen. Du wirst ihn bald finden.«

»So sei es«, sagte der Fuchs und flog davon, um jeden Winkel der Insel abzusuchen. Während er mit all seinen Sinnen hier und dort schnüffelte, dachte er darüber nach, was der Dachs ihm angeboten hatte. Er wusste, der verschlagene Mujina war vielleicht auf Rache aus, aber ganz sicher wollte er jeden hereinlegen, mit dem er Geschäfte machte. Das sollte dem Fuchs nicht noch einmal passieren. Er überlegte, was er tun könnte und noch bevor er den Drachen gefunden hatte, fiel ihm etwas ein.

Doch vorerst war nicht der kleinste Hinweis zu entdecken. Der Fuchs suchte hinter jedem Strauch, in jeder Höhle und auf den höchsten Kuppen der Vulkane, doch nirgends konnte er ein Zeichen finden, das auf einen Drachen wies.

Erst als er sich in die Feuerhöhlen von Aso wagte, des tiefsten Vulkans der ganzen Insel, sah er vor einer Spalte ein paar Knochen liegen. Da hatte wohl jemand nach einem Festmahl nicht aufgeräumt.

Er flog hinein und fand den Drachen schlafend im hintersten Winkel, gleich neben einem See aus purer Lava. Lautstark heulend weckte er den Drachen, und der zwinkerte verschlafen.

»Jetzt habe ich mich schon in die feurigste Ecke verkrochen, um zu ruhen, damit ich bis zu meinem nächsten Raubzug tunlichst wenig von meiner Lebenskraft verbrauche und doch wagt es jemand, mich, Son-Taiki, den größten aller noch lebenden Drachen, zu wecken. Wer bist du und sag mir schnell einen guten Grund, warum ich dich nicht fressen sollte?«

Der Fuchs hatte schon ganz andere Sachen im Kopf, die er mit dem Drachen bereden wollte, doch in Anbetracht der Begrüßung sagte er: »Ich bin Kitsune, der schlaueste Fuchs unter allen Oni. Und da Ihr der letzte der alten Drachen seid, werdet Ihr ganz sicher auch der größte sein. Fresst mich doch.« Er war sicher, der Drache war noch nicht richtig wach.

Auch wenn Son-Taiki schnell und kraftvoll nach ihm schnappte, machte es ihm nichts aus. Er war ja ein Geist.

Des Drachen mächtige Kiefer und die Reihen mit hundert scharfen Zähnen schnappten ein ums andere Mal ins Leere. Endlich war Son-Taiki ganz wach und er erkannte, dass er einen Geist auf diese Weise nicht verschlingen konnte.

Er zündete sein magisches Feuer tief im Schlund und schickte dem Fuchs einen mächtigen Brand entgegen.

Da wurde dem Fuchs ganz warm, denn das Feuer eines Drachen aus der Zeit der Altvorderen enthält so viel Zauberkraft, dass es auf allen Ebenen wirkt und selbst einem Geist gefährlich werden kann.

Aber mit Glück, Geschick und der Schnelligkeit, die einem jeden Oni gegeben ist, wich der Fuchs dem feurigen Atem aus. Auch wenn er sich nicht anmerken ließ, dass sein geisterhafter Schweif schon vor sich hin kokelte, und das schmerzte selbst Kitsune nicht wenig.

Der Drache erkannte, dass er dem Geist nicht wirklich etwas anhaben konnte und bald ging ihm die Puste aus.

»Sei froh, verfluchter Plagegeist«, sagte er, »ich muss mich erholen, habe ich doch recht lang geschlafen, aber ich werde dich schon kriegen.«

Das war Kitsune klar, deswegen eilte er sich und rief: »Sicher, großer Son-Taiki, aber irgendwann müsst Ihr diese Höhle verlassen, denn Ihr bedürft einer nahrhafteren Speise als einen flüchtigen Geist.« Er erinnerte sich, wie er es mit dem Dachs gemacht hatte und sagte: »Ich kann Euch überallhin folgen und jede Jagd verderben. Hört mich einfach nur an. Ich habe Euch etwas vorzuschlagen.«

Son-Taiki war vielleicht noch nicht ganz wach, aber die Schläue des alten Wurms war legendär. Er erkannte schnell, zu was der Oni vor seiner Nase fähig war. Deswegen ließ er Kitsune gewähren.

»Sprich!«, donnerte er.

»Ihr seid der letzte der großen Drachen«, sagte Kitsune. »Alle Eure Freunde und Verwandten sind den niederträchtigen Machenschaften der Menschen zum Opfer gefallen. Wird es nicht langsam Zeit, sich an ihnen zu rächen?«

»Aber die Menschen sind gefährlich und ihre Pfeile ungezählt.«

»Vielleicht«, antwortete der Fuchs. »Aber ist es nicht so, dass ein Drache, ein Fuchs und ein Dachs die schlauesten Wesen von allen Geschöpfen unter dem Himmelsbogen sind? Wollt Ihr als letzter der Drachen immer noch alleine vorangehen? Was wäre, wenn wir uns zusammentun und den Menschen ein für alle Mal zeigten, wer auf den Inseln das Sagen hat? Mit aller Macht, die uns gegeben ist und vielleicht auch einem guten Stück Hinterlist, können wir es schaffen, sie empfindlich zu schlagen. Und wenn es nur ein einziges Mal ist, aber dann soll es gewaltig sein und in die Annalen eingehen.«

Da hatte Kitsune seine Schläue einmal mehr unter Beweis gestellt, denn der Drache war bei seiner Eitelkeit gepackt.

»Das klingt wahrhaft verführerisch«, sagte Son-Taiki. »An mir nagt der Zahn der Zeit und irgendwann werde ich vielleicht nicht mehr so machtvoll sein. Doch wo ist der Dachs, von dem du gesprochen hast? Ich seh ihn nirgends.«

»Er wartet draußen in der Lavawüste auf uns. Er ist der verschlagenste Mujina den ich je getroffen habe, und so wenig mein Freund, wie ich der Eure bin. Aber unser Schicksal eint uns. Er hat, wie auch ich, mit den Menschen noch ein Hühnchen zu rupfen. Lasst uns zu dritt beratschlagen, was wir tun können.«

»So will ich eure Worte hören«, sagte Son-Taiki.

»Nur eines noch«, fügte Kitsune hinzu. »Sollten wir Erfolg haben, will ich Euch eine besondere Belohnung versprechen. Ihr dürft den Dachs mit Haut und Haar und samt seiner alten Magie verspeisen. Ich werde dafür sorgen, dass er abgelenkt ist. Er hat mich zum Oni gemacht und das ist mein Hühnchen, das ich mit ihm zu rupfen habe. Lasst dies unser Geheimnis sein.«

»Solange er erkennt, dass du sein Schicksal besiegelt hast und ich nur das Werkzeug war«, sagte der Drache, »soll es so ein. Dann wird er auf ewig dich verfolgen.«

Kitsunes Geist verbeugte sich: »So soll es sein.«

Zehn

Wie ein Pakt besiegelt wurde

So kamen der Drache, der Fuchs und der Dachs zusammen. Auf einem staubigen Feld in der Weite Kyushus trafen sie sich, um zu beratschlagen, wie sie den Menschen am meisten Schaden zufügen könnten.

Zuerst sauste der Geist des Fuchses heran und weckte den Dachs aus seinen schweren Gedanken. Kisame ließ vor Schreck das Däumchendrehen bleiben und erhob sich aus dem Staub, in dem er tagelang gesessen hatte.

»Hast du Erfolg gehabt?«, rief er dem Fuchs entgegen.

Der schaute nur verächtlich.

»Warum sollte das nicht so sein. Bin ich doch der Schlaueste unter allen Geschöpfen der Nacht. Und den Mächtigsten habe ich gleich mitgebracht.«

Da rauschte der Drache von hinten heran, denn er war einen weiten Bogen geflogen und konnte den Dachs auf diese Weise überraschen. Seine enormen, ledernen Schwingen schlugen beim Landen in einem gewaltigen Wind, dass die alte Asche des Vulkans den Tag zur Nacht machte, so sehr wirbelte alles durcheinander.

Dem Fuchs machte es nichts aus, war ihm doch die Luft egal, aber der Dachs musste kräftig husten.

Kaum hatte sich der Staub gelegt, da erkannte Kisame, mit wem sie sich eingelassen hatten.

Riesig war die schlangengleiche Kreatur, die vor ihm stand. Hoch hatte der Drache sein Haupt erhoben und schaute auf den Dachs herab. Nicht nur, dass er ihn um bald drei Manneslängen überragte, sondern mindestens zwölf Männer hätte man hintereinanderlegen müssen, um ihn vom Kopf bis zur Schwanzspitze zu messen. Dürr und abgemagert erschien er dem Dachs, aber die Klauen an seinen vier Beinen sahen scharf aus wie blitzende Schwerter und die dicken Schuppen glänzten dunkelrot wie altgebackene Lava.

Der Drache musterte den Dachs mit einem Blick, der Steine hätte schmelzen können. Wirr stachen die aufgerichteten Stacheln hinter seinem Kopf hervor und die mächtigen Kiemen an den Backen fächelten im Wind, so als wollte er

Luft holen, um gleich sein heißes Drachenfeuer zu entfachen.

Der Dachs sackte auf die Hinterpfoten und hätte am liebsten eine Pfütze gemacht, doch er konnte sich gerade noch beherrschen. Am schlimmsten empfand er den gemeinen Blick, mit dem ihn der Drache abschätzend bedachte. Gelb glühend und durch senkrechte Schlitze hindurch schaute das riesige Monster herab.

»Ich bin der Sohn von Taiki, dem Goldenen, dem mächtigsten Drachen der Vorzeit«, donnerte er in seiner unnachahmlichen Art. »Der Fuchs hat mir berichtet, wir wollen den Menschen nicht nur eine Rache, sondern auch eine Lehre sein. Hast du dir überlegt, wie du dies bewerkstelligen willst?«

Auf Kisames Rücken hatten sich zwar alle Haare vor Angst zu Berge gestellt, aber er riss sich zusammen, verneigte sich tief und sagte: »Seid gegrüßt, gewaltiger Son-Taiki. So mächtig habe ich mir Euch vorgestellt und ich bin nicht enttäuscht. So gewandt und schnell, wie Ihr an mich herangeflogen seid, soll unsere Kriegslist sein. Wir werden nur bei Nacht operieren, dann ist unsere Magie am stärksten und der Feind am leichtesten zu verwirren. Ich werde all meinen Zauber in der Welt wirken, so wie der Fuchs es in seiner tun wird, um die Menschen abzulenken. Dann wird es für Euch ein Leichtes sein, sie mit einem raschen Angriff zu vernichten. Schnell werden wir uns wieder zurückziehen und uns nie auf offenen Flächen stellen. Der Wald soll unser Versteck sein, dort kenne ich mich aus wie kein Zweiter und zwischen den Häusern des Feindes werden wir Deckung finden, so dass uns niemand erschießen kann.«

»Das klingt nach einem Plan«, sagte Son-Taiki. »Für eure Rache an dem Webermädchen werden wir es erproben und wenn es gut läuft, werden wir uns ein Dorf nach dem anderen vornehmen. Das wird die Menschen lehren, sich mit uns anzulegen.«

»Dann ist es beschlossene Sache«, sagte der Dachs und so war der schlimme Pakt besiegelt. »Lasst uns aufbrechen. Bis in die Präfektur des Kaisers ist es ein weiter Weg.«

»Für einen alten Mujina ganz sicher«, sagte Son-Taiki abfällig. »Auch wenn mir deine Verschlagenheit gefällt, aber so lange wollen wir nicht warten. Ein Oni ist so schnell wie ein Gespenst und ich fliege mit den Winden. Steig auf meinen Rücken und leite mich, dann bringe ich uns im Nu ans Ziel.«

So kletterte der Dachs dem Drachen vom Schwanz bis ins Kreuz und sie flogen über den Wolken bis nach Nara. Als sie das Dörfchen Asuka erblickten, winkte Kisame den Drachen zu einem hohen Felsen im Wald und sie landeten, um bis zur Dunkelheit zu warten.

»Wenn die Mittnacht gerade vorbei ist«, erklärte der Dachs an Son-Taiki gewandt, »werden ich und der Fuchs den größten Spuk veranstalten, der den Dörflern je widerfahren ist. Wie Lämmer werden sie sich in ihren Hütten verkriechen und die Mutigen, die sich vielleicht hervorwagen, wirst du dir als erstes schnappen.«

»Das wird mir wohl gefallen«, sagte der Drache und leckte sich die Lippen. »Die Mutigen sind immer besonders schmackhaft.«

So geschah es, dass der Dachs und der Fuchs begannen, ihre besten Tricks aus dem Ärmel zu ziehen, um das grausigste Spektakel zu veranstalten, das je im Dorf stattgefunden hatte. Kaum brannten die Weihrauchuhren zur Mittnacht herab, sauste Kitsune als düsterer Nebel durch die Gassen und heulte, was das Zeug hielt. Währenddessen ließ Kisame einen Schwarm Glühwürmchen wie irre auf den Straßen tanzen und so überdreht leuchten, dass die Menschen, die es wagten, aus den Fenstern zu schauen, meinten, die Hölle schicke ihre Boten voraus.

Viele verkrochen sich oder zogen die Decke über den Kopf, auch wenn das nicht viel nützte. Lange brauchte der Drache nicht über den Häusern zu kreisen. So wie er den unheiligen Spuk hörte, stieß er hernieder und riss sogleich ein paar Dächer in Stücke.

Wer so kühn war, sich auf die Straße zu wagen, sollte es bald bereuen. Schnell war zu sehen, dass die Bauern weder bewaffnet waren, noch kämpfen konnten. Son-Taiki pickte sich einen fetten Landsmann nach dem anderen heraus und verschlang sie gleich mit Haut und Haar.

Er trampelte die Hauptstraße entlang und zündete hier und da ein hübsches Feuerchen. Groß war Panik und Geschrei und bald herrschte nichts als das reine Chaos.

Das sah der Dachs und er rief Son-Taiki zu: »Treib es nicht zu weit und friss nicht zu viel, sonst bist du bald schwer wie ein Sack voller Steine.« Er wies auf das Haus des Webers. »Bevor wir gehen, sieh lieber zu, dass du unsere Rache vollendest.«

Zwar hatte den Drachen die Fresslust gepackt, aber er riss sich noch einmal zusammen. Er sprang auf das Haus des Webers, schlug das Dach in Stücke und verschlang das Mädchen und gleich auch noch den Vater.

Der Dachs und der Fuchs jubelten in seltener Einigkeit.

»Das soll für heute reichen, lass uns gehen«, riefen sie der beschuppten Feuerschlange zu. Doch Son-Taiki war gerade so schön am Wüten. Er wollte das Haus gleich ganz verbrennen.

Da sah er aus dem Augenwinkel, wie ein junger Mann im Gewand eines Kriegers aus der Hütte nebendran hüpfte. Der hielt einen Bogen gespannt und zielte dem Drachen genau ins Gesicht. Schon flog der erste Pfeil heran und vor Schreck verschluckte sich Son-Taiki gar mächtig. Das kam ihm noch einmal zu Gute, denn dadurch verfehlte das Geschoss sein Auge, wenn auch knapp. Trotzdem fuhr er in Pein zurück, als der Pfeil in seiner Backe stecken blieb.

Er zündete einen gewaltigen Brandball und schickte ihn quer über die Wiese, dann schwang er sich auf, tat ein paar kräftige Flügelschläge und floh mit dem Dachs und dem Fuchs in das Dunkel der Nacht.

Als sie sich auf dem Felsen im Wald wiedertrafen, heulte der Drache nicht schlecht.

»Zieh mir den Pfeil aus dem Gesicht«, beschwor er den Dachs. »Es tut so weh.«

Kisame tat, wie ihm geheißen und sagte: »Das wird schon wieder, aber es soll dir eine Lehre sein. Pass besser auf und sei beim nächsten Mal nicht so gierig. Lass uns den Spuk veranstalten und schnapp du nur aus dem Hinterhalt zu. Ansonsten bin ich zufrieden. Lief es doch wie geplant und zu unserer Rache hat es gereicht.«

Da freuten sie sich nicht wenig und schauten zum Fuchs, denn der war so still.

»Wenn ihr mich nicht hättet«, sagte der nach einer Weile. »Ich sah die Seelen der Opfer umherirren, nachdem ihre Körper in Son-Taikis

Schlund verschwunden waren und ich kenne den Duft des Webermädchens genau. Ihr könnt sagen, was ihr wollt. Aber sie war nicht dabei.«

Elf

Wie das schwarze Schwert geschmiedet wurde

Die Kunde von den schrecklichen Ereignissen im Dörfchen Asuka lief schnell wie ein Sommerblitz durchs Land. Nur wenige, die die Nachrichten verbreiteten, hatten auch tatsächlich etwas gesehen. Denn diejenigen, die den Drachen wirklich zu Gesicht bekommen hatten, ruhten jetzt im Magen der alten Schlange oder waren im Höllenfeuer seines heißen Atems zu Asche verbrannt. Und alle anderen hatten viel Geheule und Geschrei vernommen, sich aber zu ihrem Glück nicht auf die Straße getraut. Als am nächsten Morgen die letzten Feuer gelöscht waren und die Berichte von Mund zu Mund in alle Himmelsrichtungen liefen, machte das Hörensagen alles nur schlimmer.

Bald hieß es, eine Armee der Finsternis war über das Dorf gekommen, weil sich angeblich alle Tore der Unterwelt auf einmal geöffnet hätten.

So erreichte das verhängnisvolle Gerede in Windeseile die Menschen der Kaiserstadt. Ein schlimmes Klagen hörte man daraufhin in vielen Gassen, denn so mancher Bewohner hatte Verwandte oder Bekannte in Asuka und machte sich nicht wenig Sorgen.

Die unheilvollen Berichte erreichten auch den Palast und kamen dem Kaiser zu Ohren.

Sofort versammelte er seine Berater um sich, als wäre ein Krieg ausgebrochen. Er nahm im großen Thronsaal Platz und seine sieben Söhne saßen ihm zur Seite.

»Wir hören Schlimmes aus dem nahen Asuka«, sagte er. »Wir sind da, um das Land zu regieren, aber ebenso versorgt es uns und seine Bewohner müssen wir beschützen. Wenn sich nur der zehnte Teil von dem bewahrheitet, was mir heute Morgen zu Ohren gekommen ist, dann gab es einen schweren Anschlag auf unseren Frieden und die Sicherheit der Bauern, die uns unterstehen. Ich muss aufbrechen, um das Böse, welches über uns hereingebrochen ist, zu besiegen. Bringt mir das Kriegsschwert meiner Ahnen. Ich will meine Garde um mich scharen und wir werden die Vorhut sein. Ich will sofort aufbrechen. Ruft derweil eine Kompanie des Heeres zusammen und folgt mir, sobald ihr könnt.«

Da waren die Berater erstaunt und nicht wenige sogar fassungslos, denn der Kaiser war schon ein alter Mann und das letzte Mal, dass er auf einem Pferd gesessen hatte, lag viele Jahre zurück. Tatsächlich hatten ihn die meisten der Anwesenden nur auf einem Bilde, das in der Eingangshalle hing, jemals hoch zu Ross gesehen.

Junichiro, der älteste unter den Söhnen, ergriff als erster das Wort.

»Wollt Ihr das wirklich wagen, Vater? Sollte so etwas Gefährliches wie ein Drache oder Schlimmeres eingefallen sein, dann überdenkt Euren Entschluss. Sicher seid Ihr voller Kampfesmut und Yuni, das Schwert unserer Vorväter, ist noch scharf und seine Klinge blitzt heller als das Licht der Sonne. Aber die Not scheint groß und das Land darf nicht so leichtfertig seinen Kaiser aufs Spiel setzen.«

Seine sechs Brüder stimmten zu. Einer nach dem anderen erhob Einwände und redete dem Kaiser ins Gewissen. Auch die Berater und selbst der Statthalter Daisuke kamen zu Wort und bald hatten sie es geschafft, dem Kaiser zumindest den schnellen Entschluss auszureden.

»Lasst mich meinen Mut beweisen«, sagte Junichiro zum Abschluss. »Ich will das Schwert tragen und dem Übel, so schnell es geht, entgegentreten. Ich bin sicher, meine Brüder werden mich unterstützen. Sie verlangen danach, sich zu beweisen und dem Land den größten Dienst zu erweisen.«

»Ihr, meine Söhne, stellt die Vorhut«, sagte der Kaiser. »Aber seid vorsichtig und lasst euch nicht unnötig in den Kampf verwickeln. Kundschaftet in der Gegend und wartet, bis ich mit dem Rest des Heeres eingetroffen bin.«

»So soll es sein«, sagte Junichiro und verbeugte sich gehorsam. »Kommt Brüder, wir brechen auf, so schnell es geht, um hinter den Bergen nach dem Rechten zu sehen.«

So löste sich die Versammlung in hektischer Betriebsamkeit auf und niemand bemerkte, wie der Statthalter geschwind in den Gängen des Palastes verschwand. Er rannte zu den Gemächern der Kaisertochter und war noch nicht ganz eingetreten, da hörte er schon ein Schluchzen.

Er warf die Türen hinter sich zu und sah Tèiko, den Schreiber, vor der Schlafstatt knien, um jemanden zu trösten.

»Hat euch die schlimme Kunde erreicht«, rief er und Tèiko nickte nur, doch Ayumi hob ihr Haupt. Sie war es, die die Kleider von Kaida trug und die genau wie sie frisiert war. Tränen liefen ihr über die Wangen und spülten die Farbe der kaiserlichen Schminke hinweg, denn sie wusste, wie hart das Schicksal zugeschlagen hatte.

»Wenn es stimmt, was meine verlässlichen Quellen verlauten«, sagte Tèiko, »dann hat es nicht nur die Familie von Ayumi erwischt, sondern auch unsere verehrte Kaida. Der Drache soll ein altes Übel sein, das von zwei mächtigen Yokai begleitet wird. Wir vermuten einen Rachefeldzug. Von dem Dachs und dem Fuchs wird berichtet, dass sie einen alten Zank mit den Dörflern auszufechten haben. Die werden so schnell keine Ruhe geben.«

»Ich hätte dort sein müssen«, sagte Ayumi mit erstickter Stimme. »Ich spüre es. Es war wie ein Schlag in der Nacht und hat mich erweckt. Bis zum Morgen lag ich wach und konnte meinem Vater weder helfen, noch in seiner letzten Stunde bei ihm sein. Ich muss wissen, was passiert ist. Lasst mich sofort abreisen. Ich muss zurück nach Asuka.«

Daisuke erkannte die Härte der Lage, in der sie sich befanden, und hob beschwichtigend die Hände.

»Lasst mich einen Moment überlegen«, sagte er und grübelte für eine Weile vor sich hin.

»Ich kann Euren Wunsch verstehen«, schloss er. »Auch ich möchte wissen, was sich zugetragen hat und kann es Euch nicht verwehren. Aber es ist gefährlich und wenn schon alle Söhne des Kaisers in die Schlacht ziehen, so wird der Tenno niemals erlauben, dass seine Tochter sich ebenfalls in Gefahr begibt. Wir müssen im Geheimen reisen. Nur zum Beobachten wollen wir vor Ort sein und dazu müssen wir unsere Gesichter verhüllen. Wir drei werden der Vorhut nachreiten und versuchen aufzuklären, was es zu klären gibt. Aber ich befürchte, das Schicksal hat so hart zugeschlagen, wie es berichtet wird.«

»Lasst uns schnell aufbrechen«, drängte Ayumi. »Ich kann es nicht mehr ertragen, untätig herumzusitzen.«

Der Statthalter ließ drei Pferde satteln und sogar ein wenig Proviant in die Satteltaschen laden. Ayumi suchte in den Schränken der Kaisertochter nach einem Gewand, das praktisch und nicht zu auffällig wäre, doch sie konnte nichts finden, da Kaida nur für das Leben bei Hofe ausgestattet war. Tèiko half ihr mit seiner einfachen Bankettkleidung aus, auch wenn diese für einen Mann geschnitten und zudem ganz in Weiß gehalten war.

Um nicht aufzufallen, band Ayumi ihre Haare zu einem festen Knoten und das Gesicht bedeckte sie mit einem Tuch, das sie bis unter die Augen zog.

In den Hallen und auf den Höfen ringsum war die Hölle los. Die Mobilmachung des Kaisers hatte den gesamten Hofstaat aufgescheucht. So bemerkte niemand, wie sich die kleine Gruppe durch einen Hinterausgang aus dem Palast stahl.

Dann ritten sie zügig, aber so unauffällig wie sie nur konnten, den Söhnen des Kaisers hinterher.

Als sie auf den Straßen außerhalb der Stadt niemand mehr beobachtete, trieben sie ihre Pferde bis zum Äußersten, um die Strecke hinter sich zu bringen. Sie erreichten das Dorf noch vor Einbruch der Nacht. Die Söhne des Kaisers waren schneller gewesen. Sie hatten sich mit der Garde des Kaisers auf dem Dorfplatz eingerichtet und befragten diejenigen, die von dem Unheil zu berichten wussten.

Ayumi hetzte mit Tèiko und Daisuke zum Haus ihres Vaters und sprang vom Pferd, nur um auf die Knie zu sinken. Nichts als Asche und verkohlte Überreste waren geblieben. Das Haus war niedergebrannt und von den Bäumen im Garten standen nur noch schwarze Stümpfe.

Ayumi weinte gar bitterlich und ihre Begleiter senkten die Häupter, konnten ihr aber keinen Trost spenden.

Da sah sie ängstliche Blicke aus dem Nebenhaus herüberstarren. Sie nahm sich ein Herz und ging zum Krämer, um ihn zu befragen. Aber mehr noch wollte sie wissen, ob Hinata wohlauf war. Doch als sie auf die Veranda trat, sah sie Tränen in den Gesichtern.

»Was ist geschehen?«, fragte sie.

»Wir sind verflucht. Eine widerliche, alte Macht ist über uns gekommen«, jammerte der

Krämer. »Mein jüngster Sohn hat den Drachen wohl verjagt, aber er hat teuer dafür bezahlt. Er liegt danieder und wir wissen nicht, ob er die Nacht überlebt. Fremde, seid ihr eine Heilkundige? Könnt Ihr ihm helfen?«

»Lasst mich zu ihm«, verlangte Ayumi augenblicklich.

Man führte sie zur Kammer in der Hinata auf einer Tatami lag. Gleich sah Ayumi, wie schwer es ihn getroffen hatte. Das Feuer des Drachen hatte ihm eine Hälfte des Körpers versengt. Die Familie hatte ihn so gut es ging verbunden, doch Daisuke, der mit hereingekommen war, schüttelte sogleich den Kopf. Er wusste, dass dort jemand mit dem Tode rang. Er schloss die Tür, nachdem auch Tèiko eingetreten war und sie knieten sich an Hinatas Seite, um ihn zu trösten.

Ayumi legte ihr Tuch ab und nahm seine Hand.

»Du bist es, aber du bist kein Geist«, sagte Hinata, als er sie erkannte und er drückte ihre Hand gar fest. Dann musste er husten, denn die Schmerzen nahmen ihm den Atem. »Wie kann das sein? Der Drache hat dich geholt. Ich habe es selbst gesehen.«

»Mutiger Hinata«, sprach Ayumi. »Hättest du dich nur einmal zurückgehalten. Doch du warst dir nie für eine Rauferei zu schade.«

»Für dich, Ayumi, hätte ich alles gewagt. Du bist und bleibst meine Liebe.«

»Ich weiß«, sagte sie.

Danach versagte Hinata die Stimme und Ayumi ebenso. Lange hielt sie seine Hand und ließ ihn keinen Moment aus den Augen. Dann kam für ihn die Zeit zu gehen. Die Nacht war schon hereingebrochen, da tat er seinen letzten Atemzug.

Als Ayumi dessen gewahr wurde, sank sie in sich zusammen und saß für eine Weile still. Daisuke und Tèiko versuchten in ihrem Gesicht zu lesen, doch es war wie versteinert. Nun war auch keine Träne mehr zu sehen. Ayumi sah aus, als hätte sie alle aufgebraucht.

Plötzlich richtete sie sich auf und hob die Hand zum Himmel. Sie schrie so laut, dass nicht nur der Krämer draußen, sondern auch die Bauern aus der Nachbarschaft erschreckt zusammenfuhren.

Sogar die Söhne des Kaisers und die Garde hörten das Klagen und wunderten sich. Sie waren über die Stadt ausgeschwärmt und hatten sich geschworen, die Nacht zu wachen, um das Dorf zu beschützen.

Das war auch dem Fuchs nicht entgangen. Er kundschaftete seit Einbruch der Dunkelheit in den Gassen umher. Sehr hatte er sich über die kleine Vorhut gefreut und wollte schon dem Dachs und dem Drachen Bericht erstatten, da vernahm er den fürchterlichen Schrei. Er spürte sogleich, dass dies kein Klagen war, wie er es von den Bauern kannte.

Schon als er in dunklem Nebel zum Haus des Krämers huschte, wollte er es kaum glauben. Was er roch, als er vor den Fenstern vorbeiflog, kam ihm nur zu bekannt vor. Erst recht, als er in die Kammer blickte und Ayumis Gesicht erkannte.

Die kleine Weberstochter hat uns alle getäuscht, dachte er. *Sie muss gar seltene Magie und Verbündete haben. Aber sie wälzt sich im Leid und ihr Schrei war blanke Wut. Ich muss dem Dachs und Son-Taiki berichten. Jetzt oder nie ist die beste Zeit zuzuschlagen.*

So flog er schnell wie der Wind in den Wald, um Verstärkung zu holen. Den Dachs brauchte er nicht lange zu überzeugen. Als der hörte, dass Ayumi zurückgekehrt war, war er nicht zu halten. Und auch der Drache war einem weiteren Angriff nicht abgeneigt, als er hörte, wie wenige Krieger gekommen waren und wie sie sich über das Dorf verteilt hatten.

Daisuke und Tèiko hatten Ayumi noch nicht zur Ruhe gebracht, da hörten sie von draußen ein Rumoren und sehr bald ein Geschrei, wie sie es noch nie vernommen hatten.

Der Statthalter riss sich als erster zusammen.

»Das klingt nach einem Angriff«, rief er. »Lasst uns beisammenbleiben und Deckung suchen, aber eines ist klar. Wir sollten, so schnell es geht, verschwinden. Außer meinem Schwert haben wir keine Waffen. Wir müssen dem Tross des Kaisers das Kämpfen überlassen.«

Ayumi schaute voller Sorgen aus dem Fenster und ihr schlimmster Alptraum wurde wahr. Mit einem Getöse, wie es nur lederne Schwingen bringen, landete Son-Taiki im Garten und ging sofort auf das Haus los.

Tèiko reagierte am schnellsten. Er riss die Hintertür auf und sie flohen in die Gassen hinter dem Haus.

Sie wagten kaum, sich umzuschauen, da fühlten sie schon, wie das heiße Drachenfeuer hinter ihnen die Luft zum Glühen brachte. Der Dachstuhl ging in Flammen auf und ein Heulen und seltsames Licht umschwärmte sie bei jedem Schritt.

Sie stolperten voran und erreichten den Dorfplatz. Dort hatte die Garde des Kaisers einen Verteidigungsring gezogen. Aber keine der Wachen war gefeit gegen die irrsinnigen Illusionen, die Fuchs und Dachs verbreiteten.

Die Söhne des Kaisers standen in ihren Rüstungen ringsum. Ihre Kriegsmasken hatten sie aufgezogen und hielten die Schwerter hoch erhoben.

Ayumi wollte zu den verschreckten Bauern in der Mitte laufen, doch Daisuke zog sie voran.

»Bleibt bei mir«, brüllte er durch den Lärm, da die Krieger ihre Befehle bellten, die Zauber der

Yokai rauschten und das Wüten des Drachen immer näher kam.

Sie hockten sich hinter die steinerne Mauer des Dorfbrunnens und sahen mit Schrecken, wie der Drache sich über die Dächer schwang und bald den Platz umkreiste. Ein ums andere Mal rauschte ein Feuerball heran und der Drache herab, um nach den Kämpfern zu schnappen, sobald die sich von den Illusionen des Dachses und des Fuchses narren ließen.

Tèiko brach der Schweiß aus und Daisuke wurde angst und bange, denn er konnte am besten einschätzen, dass die Garde auf verlorenem Posten stand.

Bald hatte der Drache die Kaisersöhne einen nach dem anderen erledigt. Entweder hatte er sie geröstet, oder er hatte sie mit seinen scharfen Krallen erwischt, oder er hatte sie gleich ganz verschlungen.

Daisuke riss sein Schwert nach oben, als sollte es eine letzte Verteidigung sein, da sah er, wie Ayumi aufstand und aus dem Schutz des Brunnens trat. Seelenruhig ging sie zur Mitte des Platzes vor.

Er wollte sie zurückhalten, doch in diesem Moment setzte der Drache mit mächtigem Schwung mitten in dem feurigen Chaos auf. Die letzten der Garde lagen neben vielen Bauern und den Söhnen des Kaisers am Boden. Mit Schrecken mussten sie zusehen, wie sich ein schwarzer Fuchs mit grimmiger Fratze aus den dunklen Nebeln verdichtete. Nur Momente später verwandelte sich einer der Bauern, die am Boden kauerten, in einen hässlichen alten Dachs.

Da standen die drei Schrecken, den sicheren Sieg vor Augen, ein gemeines Grinsen auf den Gesichtern und starrten Ayumi entgegen. Die kam ihnen langsam und ohne Zaudern entgegen.

»Was für eine Nacht«, rief Kitsune.

»Meine Rache wird endlich wahr«, rief Kisame.

»Das ich das noch erleben darf«, rief Son-Taiki. »Ich habe die Garde erschlagen und dem Kaiser seine Söhne geraubt. Welch eine Genugtuung für all meine toten Brüder und Schwestern.«

Doch kaum war Ayumi nahe genug, rief sie: »Ihr habt so recht. Dies wird das Ende von allem. Nach dieser Nacht wird es keine Rache mehr geben, denn nur eine Partei wird überleben. Hier soll sich ein für alle Mal entscheiden, wer den Sieg davonträgt. Und da ich meine Rache noch nicht hatte, werde ich es sein.«

Nur kurz wunderten sich die drei Schrecken, dann brachen sie in lautes Gelächter aus.

Der Dachs fing sich als erster.

»Der Tag, an dem ein kleines Mädchen die Macht der Yokai, der Geister und der Drachen bezwingt, wird niemals kommen.«

»Er ist gekommen«, rief Ayumi und nahm Yuni, das Schwert der Ahnen auf, das der Hand des sterbenden Junichiro entfallen war. Hoch hielt sie die Klinge zum Himmel und rief: »Nordwind komm, bring deine Macht, hilf mir, meine Gegner zu besiegen.«

Da rauschte es gar mächtig in den Wipfeln der Bäume rund um das Dorf und eine Kälte wie im tiefsten Winter sauste von allen Seiten durch die Gassen heran.

Als das riesige Eisgesicht des Windes hinter Ayumi auftauchte, schreckten der Dachs, der Fuchs und der Drache zurück. Doch nur für einen Augenblick, dann brachten sie sich in Stellung, denn sie wussten, hier und heute hatte niemand mehr die Wahl zu fliehen.

Der Wind sprach zu Ayumi: »Dein Wunsch sei mir Befehl. Auch ich habe noch eine Rechnung mit Einigen hier offen. All mein Können gegen die Macht der Nacht. Auch ein Drache ist ein Kami, wenn auch ein Niederer. Für diesen Kampf muss ich in dich fahren und dein Schwert soll unser Werk vollenden.«

So wurde der Wind zu Ayumi, und Ayumi wurde zum Wind. Glitzerndes Eis überzog ihre Haut und das Drachenfeuer konnte es nicht schmelzen.

Der Fuchs und der Dachs entfesselten all ihre Magie und der Drache neben seinem Feuer auch die Krallen. Ein Inferno schlug über Ayumi zusammen, aber alles Böse prallte von ihr ab. Sie ließ ihr Schwert blitzen und die Klinge schlug wieder und wieder auf die Klauen des Drachen hernieder, so dass es weithin durch das Dorf tönte.

Dann wirkte der Wind seine ureigene Magie und begann, einen Schicksalswind zu entfachen, mit dem er das Schwert belegte. Ein eisiger Sog legte sich auf die Schneide und jedes Mal, wenn sie niederfuhr, entriss sie den Gegnern ein Stück Kraft und Leben. Mit jedem Schlag wurden die bösen Mächte schwächer. Sie taumelten und kreischten in Pein, als die Kraft der Götter begann, ihre Existenz zu zersetzen.

Dann tat Ayumi einen gewaltigen Streich. Sie schwang das Schwert ein letztes Mal durch das Rund. Da heulten der Fuchs, der Dachs und der Drache gar schrecklich, als ein weißer Wirbel ihr irdisches Sein und all ihre Magie in die Klinge sog und sie waren nicht mehr gesehen.

Yuni, das Schwert des Lichts, wurde ganz schwarz und fortan nur noch Seelentilger genannt. In die Klinge prägte der Wind die Zeichen für die drei bösen Geister, die fortan darin gefangen waren. Es war von hier bis in alle Zeit verflucht und sollte die Seele eines jeden in sein kaltes Metall bannen, der damit getötet wurde.

Zwölf

Wie Ayumi ihr Schicksal formte

Kaum war der Lärm des Kampfes verklungen, wagten sich Daisuke und Tèiko aus ihrem sicheren Versteck heraus. Sie konnten das Inferno, das der Kampf der Gewalten mit sich brachte, nur überstehen, weil sie sich in den Brunnen geworfen und am Rand festgeklammert hatten. Sie kletterten aus ihrer Deckung und stolperten durch die Überreste von allem, was einmal auf dem Dorfplatz stand. Die Hütten der Bauern und fliegenden Händler ringsum waren dem Erdboden gleichgemacht. Vieles loderte noch in den Resten des Drachenfeuers vor sich hin, wie auch die Häuser rings um den Platz. Je näher sie der Mitte kamen, desto mehr glich der Boden einer Wüste aus Asche.

Durch den Qualm der Restglut tasteten sie sich voran und als sie das Zentrum erreichten, sahen sie Ayumi, wie sie zusammengesunken am Boden kniete. Ihre Hand hatte das Schwert noch im Griff und den Arm hielt sie, als könne sie ihn nie wieder heben. So als würde er vom Gewicht der Waffe an die Erde gebannt.

Die Hitze der Feuer rund um den Platz ließ ihre Haut dampfen. Für Daisuke sah es so aus, als bestünde Ayumi aus Eis und die Rüstung des Windes müsste erst schmelzen, bevor sie nur einen Finger rühren könnte.

Tèiko stürzte als Erster heran, aber als er sie berührte, musste er seine Hand sogleich zurückziehen, denn sonst wäre sie ihm erfroren. Ayumi schien erschöpft vom Kampf der Gewalten und saß still. Ihr Kopf war gesenkt und die Miene ausdruckslos.

Was die Helfer nicht sehen konnten, war der Wind, und der war der Grund für Ayumis Erschöpfung. Zu tief war sie mit dem Nordwind verschmolzen und für eine zu lange Zeit. Sie hatte die Macht der Götter gespürt und über den Wind geboten. Und ebenso war der Wind für einen Moment mit der Schwere der irdischen Existenz geschlagen gewesen, sterblich und verletzbar.

Jetzt versuchte er, sich von Ayumi zu lösen, aber da sie beide Eins gewesen waren, fiel selbst ihm dies nicht leicht. Schließlich schaffte er es, doch er ließ einen Teil von sich in Ayumi zurück, nur so erlangte er seine alte Freiheit wieder. Er fuhr aus dem Körper und jagte in den Himmel hinauf. In das Dörfchen Asuka sollte er selten wieder zurückkommen und er achtete darauf, dass die Winter niemals mehr mit voller Stärke im Tal regierten. So wurde es bald das liebliche Tal genannt, in dem man selbst zur kalten Zeit des Jahres stets das Gras schneiden konnte.

Ayumi erwachte aus einem tiefen Schlaf. Als Erstes sah sie die besorgten Gesichter ihrer Helfer vom flackernden Licht der Feuer erleuchtet.

»Ich bin wieder ich selbst«, flüsterte sie voll Erleichterung, auch wenn sie im gleichen Moment wusste, dass dies ganz sicher nie wieder so sein würde, aber sie wollte niemanden verschrecken.

»Geht und holt die Bauern«, sagte sie. »Lasst schnell die Feuer löschen, das Dorf hat schon genug gelitten. Dann helft mir in eines der Häuser, die noch stehen, damit ich mich erholen kann.«

Daisuke und Tèiko taten, wie ihnen geheißen und halfen den Bauern, wo sie konnten, um das Chaos nach dem unglaublichen Kampf zu bewältigen. Auch um Ayumi mussten sie sich kümmern und so verging der Rest der Nacht. Am nächsten Morgen waren alle froh, dass sie am Ende das Dunkel überstanden hatten und die ersten Strahlen der Morgensonne erblickten.

Sie mussten nicht lange warten, da schritten die Vorboten der kaiserlichen Armee in das Dorf ein.

Sie waren die Nacht hindurch marschiert. Es folgte der erste Zug des Heeres mit dem Tenno voran. Jeder aus dem kaiserlichen Tross wunderte sich über die Ruinen und manch tapferer Krieger schauderte über der Vernichtung, die sie erblickten. Doch als sie ins Zentrum des Dorfes kamen, wunderten sie sich noch mehr.

Dort standen der Statthalter Daisuke und der Schreiber Tèiko und zwischen Ihnen die Tochter des Kaisers, die Prinzessin höchstselbst.

Ayumi trug noch die Kleider des Schreibers, aber jeder konnte sie erkennen, denn sie hatte ihr Halstuch abgelegt. Aber als sie den Knoten um ihre Haare löste, fielen diese in ihrer vollen Länge herab und jeder konnte sehen, dass kein einziges Haar mehr schwarz war. Schneeweiß floss ihr die Pracht vom Kopf herab und sie sollte von da an nurmehr weiß sein wie der eisige Wintermorgen. Die Soldaten des Kaisers verneigten sich tief und der Tenno ließ sich von seinem Pferd helfen.

»Was im Namen der Götter ist geschehen«, rief der Tenno, »und wie kommt es, dass meine Tochter hier unbeschadet inmitten der Verwüstung steht, noch dazu so wunderlich verändert.«

Da wollte Ayumi das Wort erheben, doch Daisuke hielt sie am Ärmel zurück.

»Es ist geschehen, wie es Eurer Tochter vorbestimmt war«, sagte Daisuke. »Sie war bei ihrer Geburt etwas Besonderes, das habt Ihr damals schon gespürt. In ihr wohnt die alte Magie und sie hat die bösen Omen gesehen. So sind wir zur Hilfe geritten, doch wir kamen zu spät, um das Schicksal Eures Blutes zu wenden. Die dunklen Mächte waren zu stark. Eure Söhne haben ihr Leben gegeben und nur Kaida hat überlebt. Sie hat die dunklen Schrecken in das Schwert gebannt.«

Ayumi war überrascht und wollte erneut das Wort erheben, doch diesmal wurde sie von Tèiko zurückgehalten. »Es war ein Kampf von Licht gegen Finsternis und auch wenn Euer Verlust groß ist, so trugen wir am Ende den Sieg davon. Ihr habt eine Tochter, auf die Ihr wahrlich stolz sein könnt, denn sie hat uns alle gerettet.«

Und sowohl Tèiko als auch Daisuke verneigten sich tief vor Ayumi. Der Kaiser nickte zwar ungläubig, aber er ließ an seiner statt die Garde und die gesamte Kompanie niederknien.

Als sich Tèiko und Daisuke vor Ayumi wieder aufrichteten, griff der Schreiber unter seinen Mantel und zog eine versiegelte Schriftrolle hervor.

»In dieser Rolle steht das wahre Schicksal geschrieben und nur die Götter mögen wissen, wie wir damit verfahren sollen.«

Daisuke schaute ihm lange in die Augen, dann reichte er dem Schreiber die Hand herüber und Tèiko übergab ihm die Schriftrolle.

Er nickte Ayumi und dem Kaiser noch einmal zu, dann ging er zum Rand des Dorfplatzes und warf die Rolle in eines der Feuer, mit dem die Balken eines Hauses dort noch brannten.

»Prinzessin Kaida«, sagte er, als er zurückkam. »Euer Schicksal hat sich erfüllt.«

So kehrte der Kaiser mit dem Heer in Trauer in seinen Palast zurück, aber gleichzeitig herrschte Freude über den Sieg und den Triumph seiner Tochter.

Tèiko musste ein Gedicht verfassen, um die Geschehnisse wie er sie dem Tenno berichtet hatte, in die Annalen aufzunehmen. Ein Fest über eine ganze Woche ordnete der Kaiser für das Land an. Dies und einige Monate mehr waren ihm noch vergönnt, dann entschlief er eines Tages friedlich in seinem Bett.

So wurde Ayumi nicht nur zu Kaida, sondern zur nächsten Kaiserin. Ihre Berater brachten ihr alles bei, was sie noch nicht gelernt hatte. Sie zeigte sich überaus geschickt im Umgang mit Menschen und der Macht. Sie war erst die dritte Kaiserin des Landes und doch eilte ihr ein Ruf voraus, den Härte, aber ebenso ein gerechtes Wort prägten.

Sie ließ die Geschichte von den Urzeiten deuten und in neuer Form niederschreiben, so dass es fortan Amaterasu, eine Göttin war, die aus der Höhle der Dunkelheit entstieg, um die Menschen zu lehren. Bald war Ayumi nur noch als Jito, die große Kaiserin, bekannt. Vieles wurde geschrieben, manches überliefert. Da sie den Winter getragen und das letzte Dunkel besiegt hatte, wurde sie von den einfachen Menschen die Weiße Kaiserin genannt und in anderen Ländern trug sie den Namen Skadi, aber auch Hiéva oder Khione.

Für die Zeit ihres Lebens jedoch war Daisuke ihr engster Berater und Vertrauter, so eng sogar, dass sie ihn nach ein paar Jahren zum Gemahl nahm.

Im Dörfchen Asuka ließ sie alle Häuser wieder errichten und im Garten hinter dem Haus des Webers einen riesigen Hain aus Kirschbäumen pflanzen. In jedem Sommer zum Fest der Toten erschien sie, begleitet nur von ihrem Statthalter und dem Schreiber im Dorf und verbrachte eine Nacht unter den Blättern der Bäume.

Auch wenn einige Bauern gesehen haben wollten, dass dort noch eine vierte Person mit dem hohen Besuch bei den Laternen saß, so konnten sie es doch nie beweisen, denn am nächsten Tag war im neuen Licht des Morgens nichts mehr zu sehen.

Den Seelentilger, das verfluchte Schwert, hielt Kaida lange Jahre in einem Schrein in ihren privaten Räumen vor allen Augen verborgen. Sie war schon alt und fürchtete, die Zeit würde kommen, da sie die unselige Waffe nicht verwahren könnte. Sie wollte das Schicksal nicht herausfordern, auf dass niemand in Versuchung käme, seine Macht zu missbrauchen und so fasste sie einen Entschluss.

Sie unterrichtete ihre Vertrauten, legte einfache Kleider an, verhüllte ihr Gesicht und brach unbeachtet aus dem Palast auf, nur mit dem Schwert im Gepäck. Sie ritt über alle Höhen und durch alle Täler, um einen Platz zu finden, das verfluchte Schwert in einem tiefen See zu versenken. Doch sie konnte keinen Platz finden, der ihr abgelegen genug erschien.

Lange irrte sie umher, während ihr Mann in Nara die Geschäfte führte und sie ihn nur durch Briefe unterrichtete. Bald war sie ganz erschöpft, denn die unheilige Kraft des schwarzen Schwertes grub sich in ihrem Herz mit finsterer Macht voran.

Doch schließlich fand sie einen Bergsee, umschlossen von eisbedeckten Gipfeln auf der nördlichsten aller Inseln. Hier waren die Luft und das Wasser so klar, dass der Himmel eins war mit dem Land. Sie trat ans Ufer und warf das Schwert mit einem gewaltigen Schwung hinein. Das gewährten ihr die Kräfte des Windes, denn ein Teil des Kami war seit dem Tag des Kampfes ein Teil ihrer selbst.

So verließ das Schwert mit dem Dachs, dem Fuchs und dem Drachen für immer unsere Welt und gelangte in andere Sphären, auf dass es nie mehr Schaden anrichten würde.

Kaida kehrte nach langer Reise nach Hause zurück und regierte noch viele Jahre das Land.

Sie überlebte die meisten ihrer Zeit und nachdem sie gestorben war, erzählten die Dichter noch lange ihre Geschichte. Doch die Menschen meinten, im Dorf Asuka sähe man in einem besonderen Frühjahr, wenn der späte Frost die Kirschblüten zum Glitzern bringt, zwei Gestalten unter den Bäumen sitzen und manchmal sogar im Schein der Geisterlichter ausgelassen tanzen.

Denn von da an und für immer war ihre Seele der Nordwind, aber ihre Liebe war Hinata.

Ende

Begriffe und Namen

Asuka	Dorf in der Präfektur Nara
Wa	altertümlicher Name für Japan
Yokai	übernatürliches Wesen
Nihon	jap. Name für das eigene Land
Kamui	der Gott vertritt
Kisame	dämonischer Hai
Kitsune	Fuchs
Mujina	Dachs
Kami	Gottheit
Yoshio	rechtschaffender Mann
Mizore	Eisregen
Tomoe	die Gesegnete
Ayumi	die ihren eigenen Weg geht
Hinata	sonniger Platz
Obake	mythologisches Wesen
Ikuto	der Stürmische
Kanji	jap. Schriftzeichen
Kazuho	männl. Vorname
Oni	bösartiger Dämon
Daisuke	gebräuchl. männl. Vorname
Kaida	kleiner Drachen
Tèiko	der Glückliche
Kyushu	drittgrößte Hauptinsel Japans
Sakura	jap. Kirschblüte
Son-Taiki	Sohn des Himmels
Nara	ehemalige Hauptstadt Japans
Junichiro	erstgeborener Sohn
Amaterasu	große Hauptgöttin im Shintoismus
Jito	Großkaiserin von Japan
Skadi	nordische Göttin des Winters
Khione	gr. Nymphe des Schnees

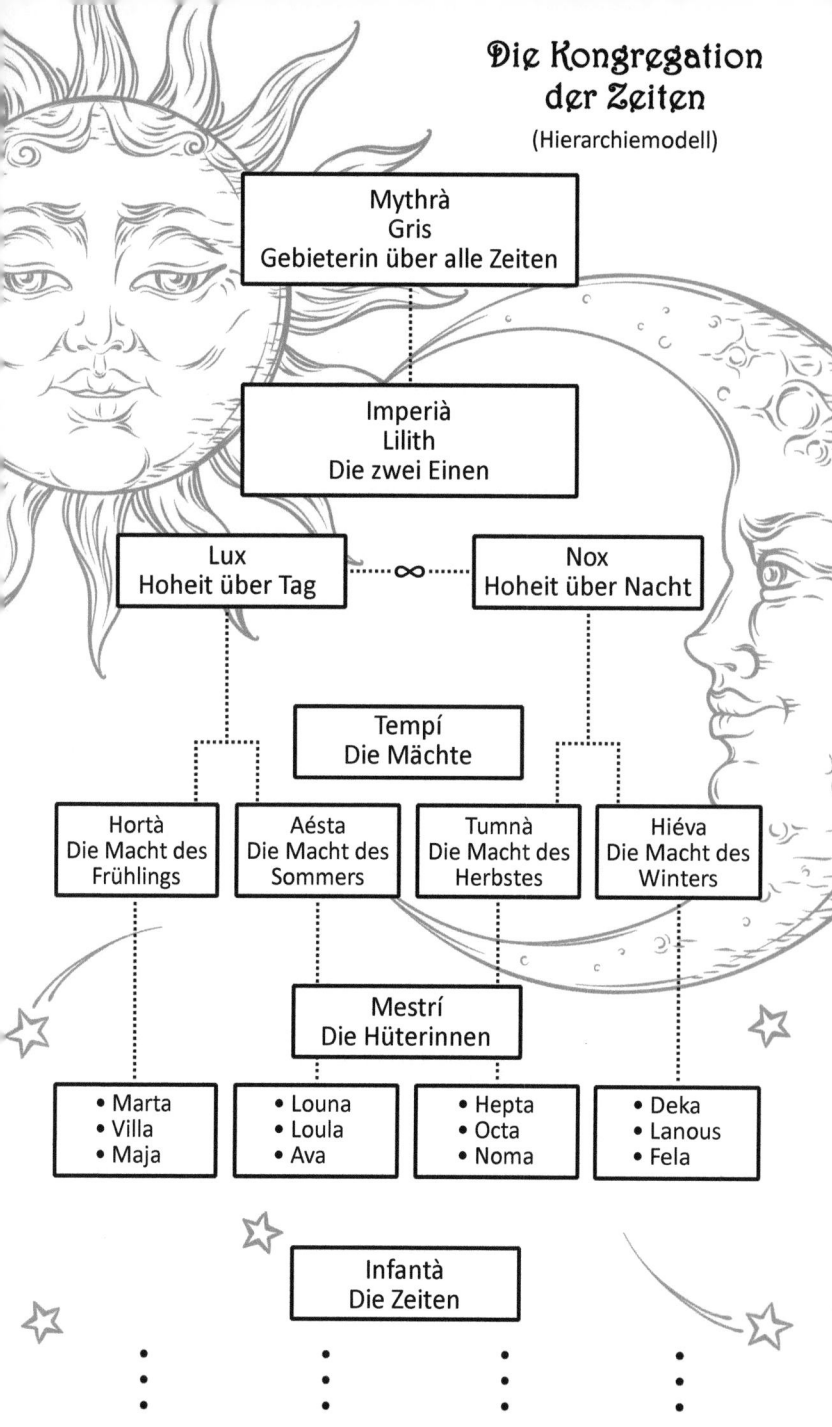

Die Kongregation der Zeiten

(Hierarchiemodell)

Mythrà
Gris
Gebieterin über alle Zeiten

Imperià
Lilith
Die zwei Einen

Lux
Hoheit über Tag

∞

Nox
Hoheit über Nacht

Tempí
Die Mächte

Hortà
Die Macht des
Frühlings

Aésta
Die Macht des
Sommers

Tumnà
Die Macht des
Herbstes

Hiéva
Die Macht des
Winters

Mestrí
Die Hüterinnen

- Marta
- Villa
- Maja

- Louna
- Loula
- Ava

- Hepta
- Octa
- Noma

- Deka
- Lanous
- Fela

Infantà
Die Zeiten

Vignette
6

Kinder
der
Erde

Das Licht

Eine Geschichte
der
Kinder der Erde

Der Bonus (Vignette 6)

Nachfolgend finden Sie eine weitere Vignette aus dem Umfeld der *Kinder der Erde*.

Es ist ein Bonus der Erstausgabe des Buches, welches Sie gerade in Händen halten. Wie alle Geschichten um seltsame Geschöpfe mit sonderbaren Fähigkeiten, kann auch diese unabhängig gelesen und verstanden werden und hat mit der vorigen und allen anderen Geschichten nur gemein, dass sie im gleichen Kosmos spielt und mythische Figuren herausstellt, die magische Fähigkeiten haben, egal, ob sie sich dieser bereits bewusst sind und nutzen können oder ob sie ihnen gleich einem Fluch auferlegt wurden.

Den Tod zu überdauern und in welcher Form auch immer zurückzukehren, ist ein wiederkehrendes Motiv in der phantastischen Literatur, aber auch in Märchen nicht selten anzutreffen. Hier ging es mir - wie schon in der vorigen Geschichte - darum, eine passende Form zum Thema zu finden. Verlorenheit, Fluch, Schicksal und folgenschwere Hinterlist sind dabei Themen, die mich förmlich zu einer bestimmten Form und Wortwahl drängten. Deswegen folgt auf den nächsten Seiten ein Gedicht, das seine Anklänge aus dem Feld dessen, was man gemeinhin als *Gothic* bezeichnet, weder verbergen noch verschweigen will.

Um Himmels Willen, heutzutage kann man doch kein Gedicht mehr schreiben. Liest sowieso keiner, schon gar nicht in so einem altmodischen Duktus. Und mit Publikation und Verkauf kann man keinen Blumentopf gewinnen.

Dies und Ähnliches hört man landauf, landab grundsätzlich, wenn man sich als Autor auf diesem Feld bewegt. Mag alles sein. Gedichte in dieser Form und Wahl der Sprache mögen aus der Mode, ja komplett aus der Zeit gefallen sein.

Trotzdem war es für mich eine Herausforderung und zudem eine Freude, diesen Stil und die dazu passende Form aufzugreifen und so zu schreiben, wie man es vor einigen hundert Jahren ohne zu zweifeln getan hat.

Als Autor seine Geschichte mit allen zugehörigen Stimmungen und Gefühlen in eine solche Form zu gießen, mag von manchen als verirrt, unlesbar oder komplett altmodisch betrachtet werden, andere mögen Freude daran haben, so etwas in der heutigen Literatur wiederfinden zu können.

Der Reim ist dabei nicht nur häufiges, sondern sogar stilbildendes Element und wird ausgiebig genutzt. Ich kann hingegen mit Gedichten der Neuzeit, die so ganz und gar auf den Reim verzichten, eher wenig anfangen. Aber auch das ist selbstverständlich Geschmacksache. Obwohl ich hinzufügen muss, dass ich die neuzeitlichen Texte, die sich nicht mit Reimen abplagen, in ihrer Struktur und Sprachgewalt durchaus achte und deren Autoren sehr wohl zu schätzen weiß. Nur diese zu genießen, oder selber so zu schreiben, ist mir nicht gegeben.

Betrachten Sie daher den nachfolgenden Text als eine Zugabe. Für all diejenigen, deren Geschmack dies trifft, gilt mein Wunsch für ein außerordentliches Lesevergnügen.

Das

Licht

Es kam die Nacht, da mein Verlangen
nach Schlaf mir ganz und gar vergangen,
ich traumlos wie in Siech gefangen,
im Winterbette frierend lag.
Es riss mich hoch, ich wollt nicht weilen,
zum Fenster zog mich hin ein Eilen.
Ich riss es auf, mein Blick ging Meilen
aus des dunklen Zimmer Sarg.
Der Mond so fahl am Himmel stand
und keiner Kirchturmuhren Schlag
vermaß die Zeit zum neuen Tag.

Tief unten sah ich's seltsam blitzen,
als ob ein Schimmer wie ein Glitzen
das Kopfsteinpflaster wollt besitzen.
Als käm ein Scheinen aus dem Park,
der fern die lange Straß hinunter,
vergessen und verloren unter
tiefdunklen Ulmen und mitunter
knochentrocknen Büschen lag.
Nur totes Laub weht heut noch dort
und alter Zeiten gräulicher Belag.
Wo niemand wandelt Nacht noch Tag.

Doch hinter schmiedestahlnen Toren,
jenseits der Wipfel wie verschworen,
sah ein Licht ich neu geboren,
das für mich dort - keine Frag –
schimmerte so fein und runder,
wie ein frisch geborenes Wunder,
halb verdeckt durch den Holunder,
doch der Turm es in sich barg,
von dem fluchgebunden Schlosse,
das niemals gern gesehen ward.
Was jeder mied bei Nacht und Tag.

*D*ieses Schloss war ganz verschollen.
Es stand in keinen Protokollen.
Niemand schien es mehr zu wollen.
Jeder mied es im Alltag.
Darüber nur ein Wort zu sprechen,
war ein ungesühnt Verbrechen,
als wollte es sich dunkel rächen
an Menschen dieser meiner Stadt
mit einem schreckerfüllt Versprechen,
das es nie gegeben hat,
wenn ich's doch wähnte Nacht und Tag.

*D*rum war sein Garten ungepflegt,
die krummen Wege ungefegt
und sein dichter Wald umhegt,
die Türme, Gauben in der Tat.
Halb sichtbar nur im tiefsten Winter,
wenn kahle Äste lassen hinter
das Astwerk blicken und den Ginster,
der Frost und Sturmwind unterlag.
Doch warum schien ein Licht mir dort,
mit jenem winterblassen Grad?
In dieser Nacht und nicht bei Tag?

Nach meinem Schal und Mantel griff ich,
schlüpft in meine Stiefel bis ich
zusammenfuhr, als kalt ein Stich mich
tief ins Herz traf wie Verrat.
Als würde mich gar jemand hassen,
mein Zimmer sollt ich nicht verlassen,
zu wandeln in den nächtgen Gassen,
wo keiner Droschke klapprig Rad
sich seine Spur im Pflaster suchte,
ja selbst kein Pferdes Huf auftrat
und hörbar war bei Nacht und Tag.

Auch wenn mein Blut darauf fast stoppte,
mein Herz gar wilder danach klopfte,
ich tief in meiner Seele hoffte,
Flur, Treppe, Straße zu erreichen,
um dort in Todesmut zu gehen,
nicht rechts noch links etwas zu sehen,
nicht einen weit'ren Herzschlag stehen.
Als zöge mich das Licht mit bleichen
Fingern durch die Nacht voran.
Als wär's ein unentrinnbar Zeichen,
dem Sog der Strahlen war kein Weichen.

*D*ie Knochen schienen mir zu tauen.
Setzte die Schritte ohne Schauen.
Schon zog es mich voran mit Grauen,
Flur, Treppe, Straße zu durchschleichen.
Um mich herum nur düstre Schatten,
kein Weggefährte ging auf glatten
Pflastersteinen, nicht mal Ratten.
Ich fühlte mich wie Blitz zu Eichen,
zu folgen diesem Geisterruf.
Ein Spukdiktat gar ohne gleichen,
das düstre Schloss musst ich erreichen.

*S*irenenhaftes Licht dein Glimmen,
dem kann und will ich nicht entrinnen.
Obwohl ich plötzlich hörte Stimmen,
die meine Ohren windgleich streiften.
Ich wusste, es war die Geschichte,
von diesem gottverfluchten Lichte.
Im Kopf mir hallten die Berichte,
von einem Friedhof gar voll Leichen.
Von denen, die dem Rufe folgen,
die Herrin dieses tückisch Zeichen
ein einzges Mal nur zu erreichen.

Mit leisen Worten sagt man, wäre
die Herrin dieser düstren Sphäre
zurück aus seelenferner Leere.
Nur um es allen zu beweisen,
dass sie einmal im Jahr imstande,
die Stärke ihrer Schönheit Bande
wie eine unbarmherzig Schande,
gleich einem knochenkalten Eisen
ins Herz zu stoßen jedem Tor,
der es nur wagte, dort zu reisen,
in diesen ihren giftgen Kreisen.

Unweigerlich dem Heim entflohen,
stand ich vor ihrem Schlosse schon.
Dann wie zu meinem eignen Hohn
und wie ein Blitz fiel's mir nun ein.
Ivonne meint ich, das wär ihr Name,
bezeichnend für die feine Dame,
auch wenn ich es gewiss nicht plane,
sie umzunennen insgeheim.
Doch in ihrem bleichen Lichte,
des blassen Auges Totenschein
sollt's besser Isidora sein.

*D*ie Mutter selbst hat sie verraten.
In Ewigkeit sie sollte warten,
am Fenster über ihrem Garten,
auf das Versprechen einer Liebe.
Gebracht zu ihr in kühler Nacht,
in der seit Stunden sie hielt Wacht.
In aller Heimlichkeit erdacht,
dass über Efeu zu ihr stiege,
der Liebste namens Amandus
und mit zwei Ringen es besiegle,
der beiden immerwährend Liebe.

*A*us hohem Haus die Braut in spe,
mit Formen zarter wie ein Reh,
den Traum im Blick wie eine Fee.
Sie wollte ohne Mutters Segen
aus ihrer Kindheit Stück für Stück,
ergreifen diesen Augenblick.
Der ersten Liebe selten Glück,
dem Amandus sogleich erlegen.
Das wollten sie sich nun versprechen
und ihrer beider junges Leben
dadurch für immer zu verweben.

Mit einem Plan wie bei den Dieben
so hatten sie sich bald entschieden,
die stillen Normen zu besiegen.
Das hatten sie sich fein erdacht,
denn Amandus war rein und schlicht,
ein junger Lehnsmann voller Pflicht
und einem offenen Gesicht.
Die Übereinkunft war gemacht,
sich ihre Neigung zu besiegeln.
Doch hatten sie in dieser Nacht,
der Mutter Missgunst nicht bedacht.

Versprochen war die Liebste schon
einer Familie andrem Sohn.
Zu gern wär sie all dem entflohen
und gäbe sich in andre Hände.
Des Hauses Herrin wollte immer,
dass sie sich schenke nie und nimmer
hinfort aus ihrem Kindeszimmer
und sich von dem Gebot abwende,
das hier wie eisernes Gesetz
als Schicksal einer Heirat stände
und niemals nähm ein andres Ende.

*D*er Gegenplan blieb unerkannt.
Die Mutter wartete gespannt,
in kalter Wut sich selbst verrannt
auf dem Balkone unterm Zimmer,
wo ihre Tochter wollt empfangen
Amandus liebevoll Verlangen,
um fortan niemals mehr zu bangen,
um des Geliebten Zeit für immer.
In seine Arme sich zu legen,
als wäre er schon der Gewinner.
Doch dazu kommen sollt es nimmer.

*A*mandus stieß es harsch zurück.
Er haderte gar ohne Glück.
Am Ende war es sein Genick,
von Todes eisger Hand umfangen.
Der Fall, er raubte unumwunden,
ihm seiner letzten Zeit Sekunden.
So lag er still und ohne Wunden,
gebrochen und von uns gegangen.
Das Auge blickstarr ohne Leben,
den bleichen Fleck schon auf den Wangen,
mit Thanatos Geschmeid behangen.

Ivonne sah diesem Ende zu,
aus ihrem Fenster ohne Ruh
wie unbarmherzig und im Nu,
ganz ohne ihr geschrienes Flehen
ein Stoß dem Liebsten bracht das Ende.
Auf dass er sich für immer wände
ins Jenseits Eros' lichter Strände,
und seine Seele würde wehen
in Isis giftgen Zaubergarten,
wo alle, die dort stehen und gehen,
das Leben nur von ferne sehen.

War dieses Licht, was ich dort sah,
das Leuchten ihrer Engelsschar
die tröstend spielte um ihr Haar
und wie sie stand mit immer leeren
Augen fluchgebannt für alle Zeiten,
das Unglück jedem zu bereiten,
der es nur wagte, dort zu schreiten,
wo der Geliebte konnt nicht wehren,
der hässlich Tat noch auszuweichen
und letztlich gegen alle Lehren
sein weltlich Schicksal umzukehren.

V om Licht ich meinen Blick abwandte,
als ob ein Feuer in mir brannte.
Ich voller Schrecken bald erkannte,
dass sich ein Schatten hob anbei.
Die dunklen Schwaden brachten schon,
des nächtgen Waldes just entflohen
Gestalt, Gesicht einer Person
aus finstren Sphären mir herbei.
Mein Herz, es pochte unumwunden,
als wär's zum nächsten Schlag entzwei,
als ich erkannte, wer es sei.

D ie Augen hatt ich schon gesehen,
das goldne Haar im Winde wehen.
Mir war, als könnt ich's nicht verstehen,
dass mit mir in den Schatten stand
Ivonne, die einst so lieblich zart,
des Liebsten Treueschwur erlag.
Doch was an meine Seite trat,
wie eine Hülle ausgebrannt,
ein Blick wie unter Höllenqualen,
hinauf zum Lichte wie gebannt,
war Abbild aus dem Totenland.

*Z*um Fenster hob sie ihren Blick,
als wollte sie dorthin zurück,
wo einst sie stand, beraubt vom Glück
und könnt nochmals dorthin gelangen,
wo nun die eigne Mutter stand,
das Licht gleich ihres Peches Brand
mit dieser Untat sich verdammt,
dort jedes Jahr gleich wie gefangen
der Tochter Auftritt abzuwarten,
hinabzublicken und zu bangen
in jener Schicksalsstund gefangen.

*D*och warum war ich heut und hier
Zeuge dieser brennend Gier?
Ivonne reicht ihre Hände mir
und sagt, als wär ich ihr nicht fremd:
'Amandus, Liebster, lass uns warten,
in diesem unsrem Leides Garten
auf die, die uns so schwer verraten
und die da steht in dem Moment,
da sich dein Abschied wieder jährt,
und siehe das, was in mir brennt,
ist Totenrache ungehemmt.'

So warten wir und kehren wieder,
verflucht wie Hades Schattenkrieger
aus Totensphären hier hernieder,
zur gleichen Zeit wie in der Nacht,
als sie mir schlichtweg nachgegangen.
Ein Sprung ins Nichts ganz ohne Bangen,
so war es ihr und mir ergangen,
obwohl dereinst für mich gedacht.
Die Rache werden wir vollenden,
wenn bald der Mutter Licht und Macht
zu uns ins Schattenreich gebracht.

ENDE

Leseprobe von

Jay Kay

Dragon Doll

Even Terms Press

Wer zulange gegen
Drachen   kämpft,
wird   selbst   zum
Drachen.

Totentanz

A. Strindberg

Zuvor

Dave war allein. Kein Mensch weit und breit.
Zumindest auf dieser Insel, und soweit er
wusste. Der Wind pfiff sein einsames Lied über
die Klippen. Vielleicht war er auf der Suche nach
Gesellschaft, aber Dave würde ihm nicht den Gefallen tun, aus dem Zelt zu treten, nur um sich
die eiskalte Aprilbrise um die Nase wehen zu lassen. Zudem war es draußen stockdunkel. Im kalten Licht der Campinglampe strahlten die Flächen der Gegenstände im Zelt das Licht auf so
seltsame Weise zurück, dass man meinen konnte,
sie wären nicht dreidimensional, sondern bloß
Scherenschnitte, die er hell angestrahlt um sich

herum aufgebaut hatte: Der Campingkocher, die Dosen mit Essensrationen, der Wasserkanister, der Rucksack, das Ölzeug und der Südwester. Die wasserdichte Fototasche mit der Kamera und dem Stativ ließ er ungeöffnet stehen, er beachtete sie gar nicht. Diese Nacht war für jede Art der Fotografie denkbar ungeeignet. Stürmisch, kalt, verregnet. Zeit um drinnen zu bleiben, Zeit für das Tagebuch.

Er zog die Hände aus dem Schlafsack, nachdem er spürte, wie sie sich aufgewärmt hatten. Er zündete die Kartusche unter dem Campingkocher und setzte einen Becher Wasser auf. Ein Tee würde ihm jetzt guttun. Vielleicht würde es in dem winzigen Zelt dann ein paar Grade wärmer werden.

Die frisch angewärmten Finger waren beweglich genug, um ohne lange Fummelei den Reißverschluss an der Seitentasche des Rucksacks aufzuziehen. Er nahm das Tagebuch heraus und betrachtete es für einen Moment. Allein, dass er es in Händen hielt, brachte ihm die Gedanken an jene Weihnachten zurück, da Julia es ihm geschenkt hatte. Ein Moleskine, die große Version, sorgsam gebunden, aufwendig geprägt. Eine schöne Arbeit und für die Wildnis eigentlich zu schade. Er nahm den dicken Bleistift zwischen die klammen Finger und begann zu schreiben.

29. März,

Innere Hebriden, Sian Mòr, West Cliff

Wieder ist ein Tag vergangen und ich habe nichts gesehen. Die Tide rollt heran und der Mond steht günstig, aber nichts will sich zeigen, was ich auf dieser verlassenen Ansammlung von Fels und Gras und Vogelmist nicht schon gesehen hätte. Sogar die Papageientaucher grüßen mich bereits als einen der Ihren. Und dann noch diese Schafe. Verteilen ihre Tretminen überall.

Die einzige Abwechslung ist die eine oder andere Raubmöwe, die ihre Kreise am Himmel zieht. Ganz schön groß, diese Biester, aber längst nicht so gefährlich, wie sie aussehen. Schlimmer sind die Feldmäuse, die hier so gewaltig sind wie ausgewachsene Stadtratten. Sie fressen Löcher in alles und jeden. Ich weiß nicht, wie viele Tage ich es hier noch aushalten kann. Die Rationen reichen weit, aber wenn nichts passiert, was soll das Ganze bewirken?

Das Zelt in der Gezeitengrotte aufzubauen, war eine gute Idee, so prasselt der Regen nicht aufs Dach. Der Wind kriecht trotzdem in jede Ecke. Manchmal wünsche ich mir, ich könnte mich einfach nur ausstrecken, aber das Wurfzelt ist in allen Richtungen zu klein. Ich muss höllisch aufpassen, dass die Kamera und die Rationen und auch die Klamotten zum Wechseln trocken bleiben.

Wenn die Flut günstig steht, werde ich morgen vielleicht die Landbrücke nutzen und hole mir ein paar frische Eier und Milch aus Ms. Johnstones Laden. Dann geht es wieder zurück und ich hoffe, alles hat seinen Sinn.

Sollten die Berechnungen stimmen, muss es in diesem Jahr soweit sein. Das heißt, wenn man mich richtig informiert hat. Die Kalkulation stammt schließlich nicht von mir.

An dieser Stelle unterbrach Dave sein Gekritzel. Das Pfeifen des Windes hatte für einen Moment ausgesetzt. Ein seltener Vorgang. Er richtete die Augen zur Zeltdecke und der Stoff verschwamm in seinem Blick, so nah war das Spanndach des niedrigen Quechua.

Der Kocher hatte es inzwischen geschafft, den Metallbecher zu erhitzen und das Wasser darin zum Dampfen zu bringen. Er löschte die Flamme und warf einen Beutel Earl Grey hinein. Eine halbe Minute Ziehen würde reichen, er wollte heute nicht zu spät einschlafen.

Als er auf den Becher starrte, sah er die feinen Wellen. Als flirrende Spiegelungen liefen sie über die Oberfläche des Wassers. Sie kamen von außen, vom Becherrand und wölbten das Zentrum für den Bruchteil einer Sekunde auf.

Verdutzt musterte er das Kochgeschirr. Sonst war nichts zu spüren. Er lauschte, schaute genauer.

Der Wind hielt noch immer den Atem an.

»Völlig unmöglich!«, rief er, da sah er die Oberfläche im Becher erneut zittern. Diesmal waren die Wellen höher. Diesmal hatte auch er es gespürt, an seinem Hintern, durch den Schlafsack.

»Irre«, wunderte er sich und musste grinsen, da sich ihm die berühmte Szene aus Jurassic Park plötzlich aufdrängte.

»Da kommt etwas auf uns zu, Dr. Malcolm.«

Purer Sarkasmus.

Beim nächsten Mal brauchte er die Ohren nicht mehr aufzustellen. Das dumpfe Grollen war unfassbar niederfrequent, aber trotzdem nicht zu überhören und die Vibrationen waren mehr als deutlich.

Er zog den Reißverschluss des Schlafsacks auf und robbte ein Stück in Richtung Ausgang. Dort trafen sich die Clips der zwei Außenverschlüsse auf halber Höhe. So konnte kein Wasser in den hochgezogenen Boden des Zeltes laufen. Eine reine Vorsichtsmaßnahme, da er wusste, dass es die Flut nicht schaffen würde, bis auf die Empore der Grotte zu springen, es sei denn, es wäre ein Jahrhunderthochwasser. Er hatte seinen Rückzugsort lange genug beobachtet und für gut befunden. Da konnte nichts passieren.

»Was geht ab?«

Das nächste Rumpeln ließ ihn zusammenzucken. Es war so laut, dass es in den Ohren klang, als würden die Felsen brechen und das nicht weit entfernt.

Er zog den oberen Reißverschluss auf und steckte den Kopf in die Nacht. Draußen schimmerten die Felsen im Umkreis des Schlafplatzes im bunten Licht, das durch die gelben und grünen Kunststoffplanen des Zeltes strahlte.

Ängstlich blickte er auf. Das Gestein oberhalb der Grotte sah im Halbdunkel stabil aus. Doch das, was er gehört hatte, klang nicht vertrauenerweckend.

Was wäre, wenn es doch ein Erdbeben ist?

Das Grollen und Knacken von Gestein setzte wieder ein. Zwar nur für einen kurzen Moment, doch das reichte. Ihm wurde angst und bange.

»Ich muss raus!« Er zog den Kopf zurück ins Zelt. Gerade versuchte er, sich aus dem Schlafsack zu wickeln, da hörte er zwei dumpfe Laute in schneller Folge.

Das war nah!

Das hörte sich an, als wäre etwas in der Grotte gelandet. Oder hätte sich mit Gewalt Eintritt verschafft.

Er lauschte erstarrt, wagte kaum, zu atmen.

Dann löste sich das Dach des Zeltes auf. Für ihn sah es zumindest so aus. Es ging schnell, er konnte es kaum erfassen, ihm blieb keine Zeit zum reagieren. Es machte Puff und wie nach einer winzigen Explosion hatte sich jeglicher Spannstoff über ihm aufgelöst. Als hätte man das Zelt geradewegs in ein Krematorium geschoben und die Brenner zum Anglühen auf volle Kraft gestellt.

Dann kamen die Blitze, so grün wie grell.

Was er sah, ließ ihn schreien.

Nie gab es in seinem Leben einen Schrei so voller Überraschung und Freude, aber gleichzeitig Furcht und Pein.

Nie wieder würde es ihn geben.

»Nathair muir!«

Er war gekommen. Und Dave und sein Zelt und alles, was ihm gehörte, mussten gehen.

Lesen Sie hier weiter

Jay Kay
Dragon Doll

Roman

**Eine
Geschichte
der
Kinder der Erde**

Demnächst als
Hardcover & eBook
240 Seiten

David Evans verschwindet. Im Urlaub, einfach so, ohne sich bei seiner Frau Julia abzumelden. Er hinterlässt nicht den geringsten Hinweis, warum er verschwand. Ist er ein Aussteiger, der seine Zeit auf einer einsamen Insel dazu nutzt, ein neues Leben zu beginnen? Oder ist ihm etwas zugestoßen?

Diese Fragen fordern Antworten, denn Mister Evans ist nicht irgendwer. Er ist der am schnellsten aufgestiegene Beamte der Londoner Polizei und nebenbei Gatte von besagter Julia. Eine Dame, von der nur die wenigsten wissen, dass sie noch einen anderen Namen und Titel trägt. Aésta, die Macht des Sommers. Und sie setzt alle Mittel und Tricks der *Kinder der Erde* ein, um herauszufinden, was sich wirklich zugetragen hat.

Krimi + Magie = krimigute Fantasy

Demnächst als eBook & Hardcover erhältlich.

Das Warten hat ein Ende

Jay Kay
Ich, Santa
Der Roman

HC / TB / eBook
320 Seiten

überall
erhältlich

**Ein Buch über die
Macht der Erinnerung
und die Zeit, die uns bindet.**

Sagen und Märchen erzählen von Feen und Kobolden, von Nixen und Elfen und von ihm, Santa. Nur wenige wissen, dass all die Geschichten, die Sagen und Märchen, aus ihrer Feder stammen. Denn sie leben unter uns, unerkannt. Und das soll auch so bleiben. Wären da nicht ein Unfall und mein Onkel Frank. Ein manischer Sammler und wenn ich ihn nicht stoppe, wird es bald keine Weihnachten mehr geben.
Die Geschichte von einem Jungen und seinem magischen Erbe.
Ein Abenteuer um den Zauber der Jahreszeiten, den Mythos von Santa und die Realität, wenn man zu retten versucht, was von der Vergangenheit noch zu retten ist.

Roman, Hardcover, 320 Seiten
ISBN: 978-3-7528-1639-6

Mit diesem Roman fängt alles an.
Jetzt als Hardcover & eBook

Göttliches
Für die leiseste Zeit des Jahres

Jay Kay
Iikitt
Die Vignette

**Eine
Kurzgeschichte
der
Kinder der Erde**

eBook / TB
48 Seiten

'Eine traumhafte Geschichte'
Peter Schmitz, c't

Sie wollten schon immer eine Göttin besuchen?
Jetzt bietet sich die einmalige Chance.
Urlaub braucht jeder. Besonders, wenn man einen stressigen Job
hat und ständig unter Strom steht. Etwas Außergewöhnliches soll es
sein. Ein fernes Eiland, malerisch gelegen in einer blauen Lagune.
Tauchen, Sonnenbaden und Relaxen stehen endlich auf der Tages-
ordnung. Prima, wenn man zudem noch einen erfahrenen Führer
unter den Insulanern findet, der den ganz besonderen Kick ver-
spricht. Wie wäre es mit einem Besuch bei der Göttin der Inseln. Sie,
die alles erschaffen hat. Nur die die wenigsten haben sie jemals zu
Gesicht bekommen.
Ihr Name ist Iikitt und egal, ob sie Illusion oder Wirklichkeit ist, auf
jeden Fall wird es ein Abenteuer.

Bereits erhältlich:
ASIN: B07DGK5DT6 (eBook)
ISBN: 978-1-983-03809-9 (Taschenbuch)

Erlösung
Für die spirituellste Zeit des Jahres

Jay Kay
Engel der Frequenzen
Die Vignette

**Eine
Kurzgeschichte
der
Kinder der Erde**

eBook / TB
64 Seiten

Büßen und Beten?
Nicht mit diesem Kind der Erde.
Josefina ist arm und viel zu jung. Trotzdem muss sie arbeiten und das nicht wenig. Die Minen am Cerro Rico sind ihr Zuhause. Dort kratzt sie mit ihrem Onkel Silber aus dem Gestein, bei einhundert Prozent Luftfeuchtigkeit und fast vierzig Grad in den Schatten, denn die Tunnel kennen kein Sonnenlicht.
Dann passiert das Unglück und es ist menschengemacht. Es bleibt wenig Zeit, Onkel Ernesto zu retten. Es sei denn, man verfügt über Fähigkeiten, die nicht menschengemacht sind.

Mit dieser ungewöhnlichen Erzählung beweist Jay Kay erneut sein Talent auf abwechslungsreiche Weise das Universum der Kinder der Erde mit Leben zu füllen.

Bonus dieser Erstausgabe:
Eine komplette zweite Vignette über ein besonderes Kind der Erde.

ISBN: 978-3-7528-0532-1
Als eBook & Taschenbuch erhältlich.

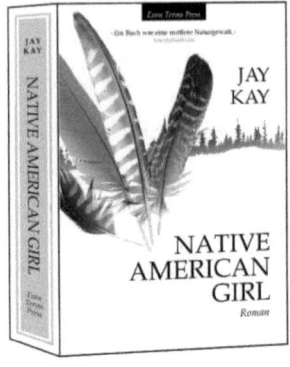

Jay Kay
Native American Girl
Roman

Die Luxusausgabe
HC, erweitert

Hardcover-Edition,
422 Seiten, gebunden,
kaschiert,
Lesebändchen,
6 Abbildungen

ISBN: 978-3-7439-6412-9
Auch als eBook erhältlich

»Ein Buch wie eine mittlere Naturgewalt.«
Lovelybooks.de

Melanie hat sich mit ihrem Erbe einen Traum erfüllt. Die eigene Hotelanlage in den Rocky Mountains. Dort endet der Ferientrip der Harpers im Desaster und in einem Fluch, der die Familie bis ins heimische Denver verfolgt. Um den Fluch abzuwenden, werden die Harpers in die Berge zurückkehren. Das weiß Melanie ganz sicher, schließlich hat sie den Fluch verhängt. Denn sie ist ein Native American Girl.

Ein Mystic Thriller in der Tradition des Magischen Realismus

Die erweiterte Ausgabe des Debüterfolgs von Jay Kay
mit exklusiven 16 Seiten Nachwort
zum Schenken, Schmökern, Nachlesen

Even Terms Press

Science meets Fantasy

Jay Kay
Filona
Am Ende Der Zeit
Roman

Eine
kurze Geschichte
über
einfach alles

Hardcover & eBook
180 Seiten

Filona ist der letzte Mensch auf Erden. Beschützt vom mächtigen SYZTHEM und seinem Diener Gilgamesch verbringt Sie die Tage in trauter Stille und Erinnerung an den Rest der Menschheit.
Was ist passiert und wie kam Sie in diese Lage?
Dasselbe fragt sich Filona auch. Zwischen Sport, Woodstock und unzähligen Lerneinheiten bleibt kaum Zeit sich um ihren Begleiter Georgie zu kümmern. Schließlich hat sie ihn selbst erschaffen und nebenbei genetisch manipuliert. Jetzt steht ihre letzte Lektion an. Sie muss noch etwas lernen, bevor es keine Lektionen mehr geben wird.
Doch welche Rolle spielt Lucius der Wolfshybride? Und was hat das alles mit Jimi Hendrix und dem Ende des Universums zu tun?
Es wird Zeit, alles aufzuklären.

Als eBook & Taschenbuch erhältlich.
ISBN: 978-3-7504-8203-6